Durchaus LesBar

Geschichten aus Ellwangen

AF140423

Der Herausgeber

Gerhard Hutterer aus Ellwangen-Rindelbach begann Mitte der 1990er Jahre damit, seine persönlichen Gedanken in Kurzgeschichten zu fassen. Inspiriert durch seinen Beruf als Bundeswehroffizier handelte es sich dabei zunächst um spannende Agentengeschichten. Durch einen Zufall stieß er 2008 auf den Verlag Books on Demand GmbH (BoD), Norderstedt. Im gleichen Jahr erschien bei BoD sein Fachbuch „Im Dialog – Die Beurteilung von Soldaten", mit dem er sich als Dozent im Personalmanagement der Bundeswehr auch einen ersten Namen als Fachbuchautor machte.

Ebenfalls 2008 gab er unter dem Pseudonym Henry Gerhard sein Debüt als Romanautor.
Bisher sind bei BoD von ihm erschienen:
© 2008 „Schüsse an der Heimatfront" (Politthriller)
          ISBN 978-3-8370-4413-3
© 2009 „Zusatzzahl dreizehn" (Kriminalroman)
          ISBN 978-3-8370-2045-8
© 2010 „Tabula rasa" (Kriminalroman)
          ISBN 978-3-8370-2470-8
© 2011 „Keine Tapas an der Jagst" (Kriminalroman)
          ISBN: 978-3-8423-6318-2
© 2013 „Der Tod im Wald" (Kriminalroman)
          ISBN: 978-3-8482-6732-3
© 2013 „Mord im Hasenlager" (Kriminalroman)
          ISBN: 978-3-7322-8358-3

Seinen bisher größten Erfolg feierte Gerhard Hutterer als Autor mit seiner Teilnahme am Ralf-Bender-Preis 2015, dem höchstdotierten deutschsprachigen Krimikurzgeschichtenwettbewerb, bei dem er den Sonderpreis für die witzigste Idee gewinnen konnte.
Seine Siegergeschichte „CSI Boandlkramer" hat auch der Anthologie zu diesem Wettbewerb „Boandlkramer & andere Kriminalgeschichten aus dem Bayerischen Wald", erschienen im Golbet-Verlag, (ISBN 978-3-9439-2610-1) den Namen geliehen.

Durchaus LesBar

Geschichten aus Ellwangen

Herausgegeben von

Gerhard Hutterer

Covergestaltung:
Vorlage: Books on Demand GmbH
Photo: Gerhard Hutterer

Bibliografische Information der Deutschen Nationalbibliothek:
Die Deutsche Nationalbibliothek verzeichnet diese Publikation in der Deutschen Nationalbibliografie; detaillierte bibliografische Daten sind im Internet über http:\\dnb.d-nb.de abrufbar.

Herstellung und Verlag:
BoD - Books on Demand, Norderstedt

ISBN: 978-3-7392-4499-0

Inhalt

Prolog

Sehr geehrte Leserinnen und Leser,

Ellwangen ist eine kreative Stadt und gleichzeitig eine Stadt der Kreativen. Dies macht sich jedes Jahr vor allem in den Sommermonaten bemerkbar, wenn sich von Juli bis September ungezählte Menschen aus nah und fern an den verschiedenen Aktionen des Programms „Sommer in der Stadt" erfreuen.

Aus der Kernstadt Ellwangen, aber auch aus ihren Teilorten, kommen nicht nur musikbegeisterte Sänger und Musikanten, sondern seit Jahren bereichern auch bildende Künstler und Autoren die kulturelle Szene der „guten Stadt" Ellwangen.

Letzteren soll „Durchaus LesBar – Geschichten aus Ellwangen" eine Plattform bieten, um bei einem breiteren Publikum auf sich aufmerksam zu machen. Vorgestellt werden Ursel Mangold, Susanne E. Stengel und Henry Gerhard, die sich allesamt der Unterhaltungsliteratur in verschiedenen Genres widmen und sich mit ihren unterschiedlichen Werken bereits jeweils eine kleine, eigene Fangemeinde „erschrieben" haben.

Die Drei spannen dabei einen Bogen von der Kurzgeschichte über fantasievolle Romane bis zu den Ellwangen-Krimis. Gemeinsam ist ihnen die Freude am Erzählen von Geschichten und an der Unterhaltung ihrer Leserinnen und Leser.

Lassen Sie sich ein auf Geschichten, Märchen und Fabeln von Ursel Mangold, auf Kurzgeschichten und Romane von Susanne E. Stengel sowie Witziges und Lokalkrimis von Henry Gerhard.

Das vorliegende Büchlein enthält bisher unveröffentlichte Texte, aber auch Leseproben bereits erschienener Bücher der drei Autoren.

Erlauben Sie mir an dieser Stelle noch eine kurze Anmerkung. Beim Kauf von Bekleidung greift mittlerweile die Unsitte um sich, dass man/frau sich als Kunde in den Geschäften vor Ort vom fachkundigen Personal intensiv beraten lässt und später die Ware dann doch vom Onlinehandel bezieht, weil man dadurch ein paar Euros sparen könnte. Machen Sie das beim Buchkauf bitte nicht, sondern machen Sie es höchstens umgekehrt! Informieren Sie sich auf den Internetplattformen der großen Anbieter, gehen Sie aber dann in ein lokales Buchgeschäft, um sich dort Ihr gewünschtes Buch zu kaufen. Selbst wenn es dort nicht ausliegt, ist es binnen kurzer Zeit für Sie verfügbar. Einerseits ist der Preis aufgrund der Buchpreisbindung in beiden Fällen gleich, andererseits tragen Sie damit zum Erhalt der kleinen Buchläden vor Ort bei, die auch einen ideellen Beitrag zur Förderung von einheimischen Autoren leisten.

Im Namen der in diesem Buch vertretenen Autoren möchte ich daher an dieser Stelle den beiden Ellwanger Buchhandlungen BuchBar (Marienstrasse) und Schäffler (Sulzgasse) herzlich für Ihre Unterstützung danken.

Als Herausgeber wünsche ich Ihnen viel Spaß bei der Lektüre. Vielleicht bietet Ihnen „Durchaus LesBar" auch eine Anregung, Ihre eigenen Gedanken in Worte zu fassen und in Buchform zu veröffentlichen.

Gerhard Hutterer   im März 2016

I. Ursel Mangold

Nicht erst seit gestern hat die Ellwangerin Ursel Mangold kleine Geschichten aufgeschrieben und einzelne davon schon erfolgreich einem begeisterten Publikum vorgetragen.

Mit dem Buch „Die Erzählerin – Geschichten – Märchen – Fabeln" erschien schließlich 2014 eine Auswahl ihrer Gedanken, die sie in den letzten Jahren zu den unterschiedlichsten Themen zu Papier gebracht hat.

Der Band „Die Erzählerin" enthält Kurzgeschichten über Alltägliches, Besonderes, Märchenhaftes, Fabelhaftes, aber auch Boshaftes und Spannungsgeladenes. Immer mit einem gewissen Augenzwinkern, gewürzt mit einer Prise hintergründigem Humor, beschreibt Ursel Mangold darin Personen und Begebenheiten, die sich so oder so ähnlich auch in Ellwangen zugetragen haben könnten.

Die beiden Beiträge „Der Selbstmörder" und „Weltschmerz" sind bisher unveröffentlichte Texte von Ursel Mangold, die jedoch bei einem Buchprojekt ab Herbst erscheinen werden.

„Der Computer", „Der Künstler und die Mäuse", „Die Warnung" sowie „Der vergessene Koffer" entstammen dagegen dem Buch „Die Erzählerin".

Der Computer

So langsam beginne ich meinen Computer zu hassen. Was fällt ihm ein, einfach mein Geschriebenes zu klauen und irgendwo in seinen Eingeweiden zu verstecken?

Bis weit nach Mitternacht habe ich gestern versucht, Hunderte von Fenstern zu öffnen, „Suchen" zu starten, Einfach- und Doppelklick, links und rechts auszuprobieren, nur um immer wieder „ist nicht verfügbar" zu lesen.

Konfiguration, Verknüpfungen, Attribute, Indizierung, Komprimierung, Verschlüsselung. Was soll ich nur mit all diesen Worten anfangen? Nur weil ich vielleicht auf ein kleines Fensterchen geklickt habe, was ich vielleicht nicht hätte sollen, foppt mich dieser Kerl nun unentwegt.

Als ich Dir gestern die Mail über meine Erlebnisse schicken wollte, konnte ich nur noch ein leeres Blatt mit zwei kleinen Köfferchen entdecken. Und die Köfferchen entschwanden dann auch noch alsbald mit meiner Geschichte.

Ich habe den Computer bekniet, angefleht, bedroht, er soll mir sofort meine gestohlenen Blätter wieder herausrücken. Nichts! Ob ich wohl einen Hammer holen sollte, um mir seine Innereien vorzunehmen?

Oder vielleicht mache ich es so, wie mit meiner Personenwaage. Die zeigte jede Woche 500 Gramm mehr an, bis ich sie aus dem Fenster geworfen habe. Da lag sie dann und konnte mich nicht mehr ärgern. Mir wäre es viel lieber, der PC würde mir anzeigen, wann ich was groß oder klein schreiben muss und mir nicht immer so unsinnige Vorschläge bei manchen Wörtern machen.

Ja und jetzt ist mir aufgefallen, dass es „DER" PC, „DER" Computer heißt, nicht „DIE". Männlich!

Kein Wunder, dass „ Frau" mit der Technik nicht klarkommt.

Der Selbstmörder

Reinhard hatte genug vom Leben. Endgültig genug. So beschloss er, Schluss zu machen. Er erwog verschiedene Möglichkeiten, um aus dem Leben zu scheiden.

Erhängen. Jawohl. Er wollte sich erhängen. Dazu brauchte er einen Strick, ein Seil, ein Tau. Nichts aus Kunststoff oder gar Draht. Nein, es sollte ein Hanfseil sein. So richtig altmodisch. Das würde am ehesten seinen Ansichten, die er sein Leben lang vertreten hatte, entsprechen.

Nun, Hanfseile gab es nicht so unbedingt im Supermarkt. Es dauerte eine Weile bis er in einem leicht antiquierten Geschäft das Entsprechende fand.

Dienstag, fand er, war ein guter Tag zum Sterben. Also stieg er an einem Dienstag auf einen Stuhl, das Seil hatte er an einem Haken an der Decke befestigt, legte sich das Hanfseil um den Hals und stieß den Stuhl um.

Er zappelte ein paar Mal hin und her. Ein Slapstick wäre gewesen, wenn das Seil gerissen wäre. Oh nein, das Seil riss nicht. Aber der Haken an der Decke löste sich durch das plötzliche Gewicht Reinhards und er stürzte zu Boden.

Benommen rappelte er sich auf. Seine Nase blutete stark und später im Krankenhaus stellte man fest: Sie war gebrochen.

Das Richten der Nase war trotz Narkose eine schmerzhafte, über einige Wochen dauernde Erfahrung.

Nach der Einnahme von viel zu vielen Schmerzmitteln, kam Reinhard auf die Idee Schlaftabletten zu nehmen. Das wäre ein schmerzfreier Tod. Er würde überhaupt nichts mitbekommen.

In seinem Erste-Hilfe-Kasten war ganz hinten ein vergessenes Glas mit Schlaftabletten. Es war noch fast voll. „Am Besten, ich nehme alle", dachte Reinhard. Er schluckte die Tabletten, bis ihm übel wurde und er sich sehr zusammen nahm, um nicht alles wieder auszuspucken. Dann legte er sich ins Bett.

32 Stunden später wachte Reinhard wieder auf. Er fühlte sich ausgeruht und glücklich, bis ihm einfiel, dass er sich doch das Leben nehmen wollte.

Die vielen Tabletten hatten schon längst das Verfallsdatum überschritten. Deshalb wirkten sie nur noch bedingt. Sie reichten eben nur zu einem langen, erholsamen Schlaf.

Reinhard war zornig. Sehr zornig. Aber es gab ja noch genügend andere Möglichkeiten.

So fuhr Reinhard, dieses Mal an einem Mittwoch, denn mit Dienstagen hatte er schlechte Erfahrungen gemacht, mit seinem Auto los. Da gab es diese große Betonmauer. Auf die würde er mit 180 Sachen zurasen. Bei seinem kleinen Auto würde von ihm und seinem Wagen nicht mehr viel übrig bleiben.

Er gab Gas und legte los. Doch irgendein Reflex ließ ihn auf die Bremse treten. Dabei scherte das kleine Auto aus und fuhr über eine Wiese. Die Geschwindigkeit wurde zwar geringer, trotzdem knallte das Auto auf einen Baum. Übrigens der einzige Baum, der auf dieser Wiese stand. Dabei öffnete sich der Airbag.

Am Tag seiner Entlassung aus dem Krankenhaus, trug Reinhard eine Halskrause wegen des Schleudertraumas. Er hatte starke Schmerzen und konnte den Kopf nicht richtig drehen. Sein kleines Auto hatte Totalschaden.

Reinhard war ein sturer Hund. Er konnte einfach nicht aufgeben.

So betrat er an einem Donnerstag ein 24-stöckiges Hochhaus und fuhr mit dem Lift in die oberste Etage. Von dort aus ging er die kleine Treppe zum Flachdach hoch. Zögernd schritt er bis zur Absperrung vor, kletterte darüber und stand am Rand.

Er blickte hinunter, ein wenig wurde ihm dabei schwindelig. Der Verkehr rauschte unten vorbei. Die Menschen eilten auf den Gehsteigen vorüber.

„Das ist es", dachte er.

„Hier kann mich nichts und niemand aufhalten. Ich werde fallen, fallen und zerschmettert dort unten liegen."

Er atmete tief ein und breitete die Arme aus.

„He, Du da", hörte er plötzlich eine Stimme hinter sich.

„Was machst Du denn da?"

Erschrocken wandte er sich um. Die Sonne blendete und er glaubte eine Erscheinung vor sich zu haben. Vielleicht ein Engel? Er trat einige Schritte zur Seite, um besser sehen zu können. Nein, das war definitiv kein Engel. Das Erste, was ihm auffiel, waren zerrissene Jeans, Tattoos an den nackten Armen und jede Menge Pearcings in Nase, Lippen und Ohren.

Eine junge Frau lehnte lässig an einem der Kamine und begann sich eine Zigarette zu drehen. Langsam fand er seine Fassung wieder.

„Das geht Sie nichts an, was ich hier mache", fauchte er zurück, denn irgendwie fühlte er sich ertappt.

Er begann mit wütender Stimme sein Schicksal zu beklagen, schimpfte über die Ungerechtigkeit der Welt, über die Lieblosigkeit der Menschen und erzählte, dass er schon drei Mal versucht hatte, sich umzubringen.

„Jetzt kann mich niemand mehr davon abhalten", meinte er und dabei sah er die junge Frau Herausfordernd an, die gerade ihre zweite Zigarette ausdrückte.

Sie schaute auf, nickte ihm zu und meinte lapidar: „Na, dann spring doch mal", dabei wandte sie sich um und ging.

Mit offenem Mund starrte ihr Reinhard nach.

„Eigentlich", dachte er, „hätte sie mich jetzt davon abhalten müssen zu springen. Sie hätte mich anflehen müssen, es sein zu lassen, da das Leben noch so schön sein könnte. Mir sagen, ich sei doch noch viel zu jung um mein Leben weg zu werfen. Mir erklären, ob mir bewusst sei, was ich meinen Lieben antun würde! Nun ja, eigentlich habe ich keine Lieben, aber das ist ja egal. Irgend so etwas hätte sie sagen müssen."

Er war entrüstet und Zorn brodelte in ihm hoch.

„Du unverschämtes Frauenzimmer", schrie er ihr nach.

Sie war schon längst verschwunden als er immer noch schrie: „Was glaubt Du eigentlich? Ich soll einfach nur springen! Na, Dir werd ich's zeigen. Ich werde nicht springen! So und jetzt bringe ich mich nicht mehr um!"

Dabei überschlug sich seine Stimme.

Inzwischen war Reinhard vor Wut ganz rot im Gesicht geworden. Er ging zurück, stieg über die Absperrung, stolperte zur Türe, die er heftig hinter sich zuschlug und stapfte die kleine Treppe zum Aufzug hinunter.

Blindwütig und aufgebracht achtete er nicht auf die vierte Stufe, die ein wenig lose war.

Er stolperte, stürzte, fiel - und

- brach sich das Genick.

Weltschmerz

An der Haustüre läutete es Sturm. Als ich öffnete, stand meine Enkelin mit verweinten Augen vor mir. Sie fiel mir in die Arme und rief mit tränenerstickter Stimme: „Mein Herz ist gebrochen, ich sterbe."

„Um Gottes Willen, Kind, was ist passiert?", rief ich erschrocken.

„Er hat mich verlassen, dieser gemeine Kerl", erklärte sie mir schluchzend und dabei liefen ihr die Tränen herunter und verschmierten die Wimperntusche und den Kajal-Stift.

„Wer? Wer hat Dich verlassen?", fragte ich verwirrt.

„Na Phil", meinte sie jammernd.

Moment Mal, wer war denn jetzt gleich Phil? Ach ja, jetzt fiel es mir wieder ein. Das war dieser bleiche, dünne Jüngling, fast einen Meter neunzig groß. Er hatte sie einmal hierher begleitet. Während ich mir überlegte, was ich ihr sagen sollte, warf sie sich weinend auf die Couch. Jetzt musste ich ganz behutsam sein.

Ich durfte auf keinen Fall sagen: „Sei doch froh, dass Du ihn los bist, er hat sowieso nicht zu Dir gepasst."

Oder: „Du bist so ein hübsches Mädchen, du wirst ganz schnell wieder einen netten Freund finden." Das wollte sie bestimmt nicht hören.

„Stell Dir vor", rief sie anklagend, „er hat Hanna vor meinen Freundinnen für heute Abend in die Disco eingeladen. Ausgerechnet Hanna, die ist doch soo blöd."

Der erste Liebeskummer. Die erste Enttäuschung. Der ganze Weltschmerz saß da auf der Couch.

Ich hatte mir gerade einige tröstende Worte zurechtgelegt, da meldete sich ihr Handy.

„Ich habe eine SMS bekommen", meinte sie.

Fluchs wischte sie sich ihre Tränen weg. Dabei verschmierte sie die Wimperntusche noch mehr.

In dem Moment dachte ich völlig unsinnig: „Ich meinte immer Wimperntusche sei wasserfest."

Die Welt, die gerade in Trümmern lag, um sich herum vergessend, tippte sie in ihr Handy.

Plötzlich sprang sie auf und rief: „Oma, ich muss ins Bad, um mein Gesicht zu waschen."

Und schwupp war sie im Badezimmer verschwunden. Jetzt konnte ich mir gemütlich eine Tasse Kaffee zubereiten, denn in der nächsten halben Stunde würde sie ganz bestimmt nicht erscheinen.

Vierzig Minuten waren um, da ging die Badezimmertüre auf. Hübsch sah sie aus, als sie herauskam. Die Spuren von Tränen und Trauer waren verschwunden.

Mit strahlenden Augen erklärte sie mir: „Ich muss gehen. Jan hat mich für heute Abend in die Disco eingeladen und ich treffe ihn gleich."

Jan? Wer war jetzt Jan? Na egal.

„Und Phil?" fragte ich.

„Wieso Phil? Ach so Phil", dabei zuckte sie nur mit den Schultern.

„Ach Oma, wenn ich Dich nicht hätte."

Dabei nahm sie mich in die Arme und drückte mir einen Kuss auf die Wange.

„Ich wüsste nicht, was ich ohne Dich tun würde. Du kannst mich immer so wundervoll trösten. Du bist halt doch die beste Oma von der Welt."

Sie eilte zur Türe und ich sah ihr nach, wie sie vergnügt die Treppe hinunterhüpfte.

Sie drehte sich noch einmal um, winkte mir zu und rief: „Tschüss, tschüss Oma und Danke."

Verblüfft blieb ich zurück. Eigentlich war ich doch noch gar nicht dazu gekommen, etwas zu sagen, geschweige denn sie zu trösten.

Der Künstler und die Mäuse

Er war ein großer Künstler. Nicht nur, weil er fast zwei Meter groß war und nur großflächige Bilder malte.

Nein, er war nicht besser oder schlechter als seine Kollegen. Es fehlte ihm nur das kleine Quäntchen Glück, das die einen in den Olymp hievte und die anderen eben nicht. In seinem Ort war er wohl bekannt und im Umkreis von einhundert Kilometern gab es keine Bank, keine Schule, kein Rathaus und kein Großraumbüro, das nicht seine Bilder aufgehängt hatte.

Aber der ganz große Wurf blieb ihm versagt. Trotz seiner etwas polternden - oder sollte man sagen? - exzentrischen Art - er wohnte nämlich in einem Turm - war er ein guter Unterhalter und gern gesehener Gast.

Eines Abends kam er spät nach Hause, da hörte er seltsame Geräusche aus dem obersten Turmzimmer. Als er den Geräuschen nachging, fand er eine verschreckte Schleiereule. Sie saß in einer Ecke des Zimmers und schlug mit den Flügeln um sich. Behutsam nahm er sie auf und dabei entdeckte er, dass sie sich einen Flügel gebrochen hatte. Er schiente den Flügel sorgsam und umwickelte das Ganze mit einem Verband. Dann erkundigte er sich bei einem Ornithologen was so ein Vogel frisst.

„Am besten", meinte dieser, „sind lebende Mäuse. Weiße Mäuse sind am leichtesten zu bekommen und sie vermehren sich auch sehr rasch."

In einem Zoogeschäft erstand er ein Dutzend weiße Mäuse. Zu Hause packte er sie in ein Behältnis mit Stroh. Es war ihm schrecklich, die kleinen Mäuschen an die Schleiereule zu verfüttern. Jedes Mal, wenn er aus dem Stroh eine Maus hervorholte, meinte er, sein Herz müsse ihm brechen. Deshalb versuchte er, die Eule mit geschabtem Fleisch zu füttern. Und siehe da, das mochte sie genauso gerne.

Eines Tages schaute er in das Behältnis. Da entdeckte er im Stroh streichholzkopfgroße, nackte kleine Wesen. Die kleinen Mäuschen hatten Babys bekommen. Stundenlang konnte er zuschauen, wie die noch nackten Jungen im Stroh übereinander purzelten. Bald musste er ein zweites und ein drittes Behältnis aufstellen, denn die weißen Mäuse vermehrten sich mit einer unglaublichen Geschwindigkeit. Fast hatte er keine Zeit mehr um seine großen Bilder für eine Ausstellung zu malen.

Der Ausstellungstermin rückte immer näher. Daher raffte er sich auf und begann bis zur Erschöpfung zu malen. Hatte er ein Bild fertig, nahm er es von der Staffelei und legte es zum Trocknen auf den Boden. Bis weit nach Mitternacht arbeitete er daran. Vor Müdigkeit torkelnd ging er zu Bett. Dabei bemerkte er nicht, dass er eines der Behältnisse mit den Mäusen umgestoßen hatte. Ganz vorsichtig tapsten die ersten aus ihrer Behausung, dann folgten die anderen nach. Und als sie die Bilder auf dem Boden fanden, trippelten sie darüber, denn der Geruch und die Farben törnten sie ganz gewaltig an. So eilten und tanzten sie mit ihren kleinen Füßchen von einem Ende zum anderen über all die Bilder hinweg. Dabei ließen sie die eine oder andere Hinterlassenschaft fallen, die sich manchmal zu kleinen Häufchen oder einzelnen Pünktchen über die Bilder verteilten und ganz erstaunliche Strukturen ergaben.

Als am nächsten Morgen die Bilder zur Ausstellung abgeholt wurden, war der Künstler noch halb im Schlaf und bemerkte nicht sofort, was da geschehen war. Erst als die Bilder in der großen Ausstellungshalle hingen und er noch einmal alles überprüfen wollte, erschrak er über das, was er da sehen musste. Da fiel es ihm ein. Hatte er nicht das eine oder andere Mäuschen im Raum herumhuschen sehen? Sollten diese etwa…?

Doch nun konnte nichts mehr geändert werden. Die Eröffnung begann.

Zuerst kamen die Journalisten, neugierig wie immer. Dann die selbsternannten Kunstexperten. Danach die potentiellen Käufer und zum Schluss die Leute, denen Bilder einfach gefielen oder auch nicht. Tiefes Schweigen herrschte, als all die Menschen die Bilder betrachteten. Der Künstler hatte sich in eine Ecke zurückgezogen und wünschte, er wäre eines seiner kleinen Mäuschen und könnte sich irgendwo verstecken. Wenn man jedoch fast zwei Meter groß ist, dann geht das nicht so einfach.

Plötzlich klatschte jemand in die Hände und rief: „Sensationell! Einfach sensationell!"

Und damit war der Bann gebrochen. Die Journalisten schrieben eifrig die Expertenmeinungen mit.

Diese überboten sich mit Sätzen wie: „Der Künstler kennt die Form und beherrscht die Farbe. Die Tiefgründigkeit des Bildes erschließt sich dem Betrachter. Die Beschwingtheit der Pinselführung setzt Akzente", und dergleichen mehr.

Die Käufer rissen sich darum, die Bilder zu kaufen. Und die übrigen Besucher standen teils staunend, teils kopfschüttelnd vor den Bildern.

Und plötzlich war der Künstler in aller Munde. Seine Berühmtheit wuchs weit über die Grenzen des Landes, über die Grenzen der anderen Länder – und bald darauf kannte ihn die ganze Welt.

Er kam kaum nach mit dem Malen, denn er musste seine kleinen Helfer, die „Weißen Mäuschen" versorgen und pflegen, damit sie mit ihren tausend Füßchen über seine Bilder trippeln und Mäuse in seine Kasse bringen konnten.

Die Warnung

„Warum betrügst du mich?", fragte sie mit weinerlicher Stimme.

Angewidert schaute er sie an.

„Wie oft soll ich dir noch erklären, dass ich dich verlassen werde, sobald unsere Tochter ihren Schulabschluss macht", antwortete er ihr.

„Aber ich liebe dich doch!", und dabei liefen ihr dicke Tränen über die Wangen und ein Schluchzer drang aus ihrer Kehle.

„Plärrende Weiber, wie widerlich", sagte er mit kalter Stimme.

Er stand auf und wandte sich ihr zu: „Wie oft soll ich dir noch sagen, sieben Monate noch, dann verlasse ich dich. Geht das eigentlich nicht in dein Spatzenhirn?", dabei verließ er das Zimmer und schlug die Türe hinter sich zu.

Sie starrte ihm nach, die Tränen versiegten und der Schluchzer der noch in ihrer Kehle steckte, verschwand.

Mit brennenden Augen sagte sie leise vor sich hin: „Spatzenhirn, nein, Spatzenhirn, das hättest du nicht sagen dürfen!"

Fünf Monate waren vergangen. Sie saßen beim Frühstück, es war ein wahres Familienidyll. Ein Außenseiter hätte nicht geahnt, was für ein Drama sich im Herzen der Erwachsenen abspielte. Mit Stolz schaute er auf seine wunderhübsche Tochter, die sich gerade einen Toast schmierte.

„Papa, kommst du auch mit zum Schützenverein, heute ist Ausscheidung und Mama hat gute Chancen den Pokal zu gewinnen."

Geschickt konnte er sein Erstaunen verbergen, denn er wusste gar nicht, dass seine Frau wieder in den Schützenverein eingetreten war. Eigentlich interessierte es ihn auch nicht, was sie machte.

Aber vor seiner Tochter wollte er die Fassade aufrechterhalten. Da er sich aber gerade heute mit seiner neuen Geliebten traf, passte es ihm gar nicht, zum Schützenverein zu gehen.

„Ach weißt du mein Liebes, gerade heute muss ich noch eine dringende Arbeit in der Firma erledigen, aber sobald ich weg kann, komme ich nach."

Er war stolz darauf, dass ihm diese Ausrede vor seiner Tochter so gut gelungen war.

Ungefähr drei Wochen später, es war schon weit nach Mitternacht, stand die hübsche Tochter plötzlich im Schlafzimmer der Eltern und weckte ihre Mutter.

„Wo ist Papa?", fragte sie.

Schlaftrunken gab die Mutter zur Antwort: „Er ist doch geschäftlich nach Berlin geflogen, warum?"

„Du musst sofort aufstehen", drängte die Tochter nun, „ich glaube da ist ein Einbrecher, ich habe etwas gehört."

Beide lauschten angestrengt.

„Ich höre nichts", sagte die Mutter.

Sie stand jedoch auf, weil ihr die Tochter keine Ruhe ließ. Als beide vom oberen Stock nach unten gingen, da hörten sie im selben Augenblick, wie sich an der Terrassentür Jemand zu schaffen machte.

„Hörst du es?", sprach die Tochter leise mit erschreckter Stimme.

Ja! Sie hörte es. Da war tatsächlich Jemand an der Terrassentüre und versuchte, in die Wohnung einzudringen. Und dann vernahmen sie ein Klirren.

„Er hat die Terrassentüre eingeschlagen", flüsterte die Tochter und klammerte sich vor Angst an ihre Mutter.

„Ich hole mein Gewehr und gebe einen Warnschuss ab, dann verschwindet er bestimmt."

Sie ging zum Waffenschrank und holte das Gewehr. Beide sahen sie einen Schatten, der die Terrassentüre geöffnet hatte und eintrat.

„Schieß! Schieß doch endlich!"

Und da legte die Frau an und schoss. Als sie das Licht anmachte, sah sie, dass sie ihren Mann erschossen hatte. Der Richter sprach von einer Verkettung unglücklicher Umstände. Es konnte einfach nicht geklärt werden, weshalb ihr Mann einen falschen Hausschlüssel dabei hatte. Weshalb er den Handwerker nicht beauftragt hatte, die Haustürglocke zu reparieren, die schon fast seit einer Woche kaputt war. Wäre die Glocke repariert gewesen, hätte er ja klingeln können, um sich bemerkbar zu machen. Warum hatte er nicht mit dem Handy angerufen? Weshalb war die Alarmanlage von der Terrassentüre nicht eingeschaltet? Zwar hatte die Putzfrau an diesem Tag die Fenster geputzt, aber unter Tränen beteuert, sie habe die Alarmanlage eingeschaltet.

Und das wohl Schicksalhafteste war, dass seine Frau nur einen Warnschuss abgegeben hatte und der Querschläger ihn tödlich getroffen hatte. - Ja, und das ganze endete dann mit einem Freispruch.

Wäre allerdings ein so begnadeter Detektiv wie Hercule Poirot aus Agatha Christies Romanen mit dieser Angelegenheit befasst gewesen, er hätte folgende Fragen gestellt: Warum war ein falscher Hausschlüssel am Schlüsselbund, und weshalb fand sich der richtige Schlüssel Monate später in der untersten Nachttischschublade? Warum hatte er den Handwerker wegen der kaputten Haustürglocke nicht angerufen, wusste er denn überhaupt, dass die Glocke kaputt war? Warum wurde nicht nachgeprüft, ob er doch mit dem Handy angerufen hatte und nur das Telefon abgestellt war? Warum glaubte man der Putzfrau nicht, dass sie die Alarmanlage wieder angestellt hatte und wer hatte sie dann abgestellt?

Und warum wurde beim Schützenverein nicht über die Schießkünste der Frau nachgefragt?

Hercule Poirot hätte dann bestimmt von dem alten Hausmeister erfahren, dass die Frau fast jeden Morgen zum Üben gekommen war und er hatte auch ein paar Mal beobachtet, wie sie einen Schuss an die Wand setzte und der Querschläger trotzdem genau ins Ziel der Scheibe eindrang, und der Alte hätte sagen können, dass sie eigentlich eine ganz exzellente Schützin war.

Langsam senkte Fiona die Blätter, aus denen sie vorgelesen hatte.

„Nun, wie gefällt dir meine Geschichte?", fragte sie ihren Mann Eric, der ihr gegenüber saß.

Mit einem etwas verkrampften Lächeln meinte Eric: „Ganz gut, wie alle deine Geschichten."

„Ach, übrigens", meinte sie „am Sonntag haben wir im Schützenverein einen Wettbewerb, möchtest du nicht mitkommen?"

Mit bangem Blick fragte er sie: „Seit wann trainierst du denn? Ich wusste gar nicht, dass du wieder im Schützenverein bist."

„Seit fünf Monaten", antwortete sie.

Dabei stand sie auf, ging lachend zur Tür und meinte: „Aber keine Angst, dir passiert schon nichts. Du betrügst mich ja nicht und verlassen willst du mich ja auch nicht."

Eric war kreidebleich geworden.

Schweigend saß er da und tupfte sich mit zitternden Händen den Schweiß von seiner Stirn.

Der vergessene Koffer

„Verdammt! Verdammt!", dachte Eugen, „ich hätte noch früher los fahren müssen."

Oder hätte er vielleicht doch lieber am Abend vorher im Flughafenhotel ein Zimmer nehmen sollen, wie ihm der Kollege Brändle empfohlen hatte? Nun, er war nicht direkt knickerig, aber eben sparsam. Unnötige Ausgaben wollte er tunlichst vermeiden. Nun steckte er im Stau und laut den Angaben der Fluglinie sollte er eineinhalb Stunden vor Abflug einchecken. Es war erst sein dritter Flug und er war entsprechend nervös. Endlich ging es wieder weiter.

Als er zum wiederholten Mal auf die Uhr schaute, dachte er: „Das wird knapp! Mein Gott, das wird knapp!"

Eugen war ein äußerst korrekter Mensch. Wer ihn das erste Mal sah, dachte sofort an einen Finanzbeamten. Eugen war nicht nur äußerst korrekt, er plante auch sein Leben und war etwas einmal nicht so, wie er es sich vorstellte, dann brach für ihn fast die Welt zusammen.

Diese Flugreise zum Beispiel. Er wusste nicht mehr, welcher Teufel ihn da geritten hatte, als er meinte in dieses Reisebüro gehen zu müssen, um eine Flugreise nach Spanien in irgendein Clubhotel zu buchen. Und weil ihm der Reisebüroangestellte auch noch klar gemacht hatte, dass es da eine äußerst günstige Reise - drei Wochen für zwei - geben würde, buchte er kurz entschlossen diese Reise.

Nachher bereute er es natürlich, denn er war nie ein sonderlich spontaner Mensch gewesen. Am liebsten hätte er sofort storniert. Aber als er dann die Selbstbehaltungskosten ausrechnete, ließ er es doch bleiben.

Wochenlang vorher deckte er sich mit Lektüre über Spanien ein, beäugte kritisch seinen Kleiderschrank, überlegte, was man da wohl alles mitnehmen sollte.

Und dann stellte er fest, er würde noch einen Koffer brauchen. Er ließ sich von einem Verkäufer die verschiedenen Arten von Koffern erklären, begutachtete sie genau und probierte die mit den Rollen immer wieder aus. Der Verkäufer empfahl ihm einen Koffer mit vier Rollen, da man diesen nur zu schieben brauchte, während der Zwei-Rollen-Koffer mühsam zum Ziehen war. Als er dann die Preise verglich, entschied er sich für den Zwei-Rollen-Koffer. Zu Hause packte er den Koffer immer wieder Probe, obwohl er noch zwei Wochen Zeit hatte.

Endlich war der Tag gekommen und er fuhr schon sehr früh los. Alle Eventualitäten eingeplant. Nur, dass ständig Baustellen auf der Autobahn zum Flughafen und dadurch Staus entstanden waren, ahnte er nicht. Schließlich erreichte er das Parkhaus. Er hatte noch eine Stunde und zwanzig Minuten Zeit bis zum Abflug.

Eilig öffnete er den Kofferraum, um seinen Koffer herauszuholen. Doch gähnende Leere starrte ihm entgegen. Wo war sein Koffer? Das Entsetzen kroch in ihm hoch. Er hatte ihn zu Hause vergessen. Völlig verstört stand er da. Nur der kleine Rucksack mit den Reiseunterlagen und seinem Pass lag einsam im Kofferraum.

Wieder heimfahren war sein erster Gedanke. Doch dann dachte er an das hämische Grinsen von Kollege Brändle, an das schadenfrohe Getuschel im Büro. Da entschied er sich, diese Reise wird gemacht, auch ohne Koffer. Irgendwo wird man schon eine Badehose kaufen können.

Als er endlich im Flieger saß, immer noch leicht verstört über diese Dummheit, den Koffer vergessen zu haben, wurde der Platz neben ihm von einer etwas fülligen jungen Frau belegt. Wie hasste er füllige Frauen. Und blond war sie auch noch.

„Natürlich gefärbt!", dachte er und als sie ihn ansprach, gab er nur einsilbige Antworten.

Sie bestellte bei der Stewardess aus dem Getränkewagen einen Rioja, während er sich an sein Mineralwasser klammerte.

„Natürlich, schon am hellen Morgen Wein trinken", war sein Gedanke und als sie auch noch mit der Stewardess Spanisch sprach, sagte er sich: „Das passt zu ihr, auch noch mit Fremdsprachen angeben."

Angewidert drehte er den Kopf zur Seite. Plötzlich wedelte eine Hand mit rot lackierten Nägeln vor seinem Gesicht herum.

„Schauen sie mal zum Fenster raus", sagte sie und dabei klatschte sie in die Hände und lachte begeistert.

„Was für ein herrlicher Anblick! Genießen Sie ihn! Wir haben etwa noch vierzig Minuten, dann landen wir."

Genervt schaute er aus dem Fenster und da sah er das Meer mit seinem wundervollen Farbspiel, von Türkis- bis Azurblau und Indigo. Eine Küste - mal steil zerklüftet, dann wieder sanft - mit Pinien bewachsen, Sandstrände, kleine Dörfer und Städtchen, Segelboote auf dem Meer und die Sonne, die das Wasser wie flüssiges Silber aussehen ließ.

Die Schönheit der Landschaft begann ihn zu berühren und das Verkrampfte fiel langsam von ihm ab.

Er drehte sich seiner Sitznachbarin zu und sagte: „Schöööön!"

Damit begann bis zur Landung eine angeregte Unterhaltung. Es stellte sich heraus, dass beide das gleiche Hotel gebucht hatten. Als sie ihm die Vorzüge des Hotels schilderte, denn sie war jetzt schon zum vierten Mal dort, hörte er aufmerksam zu.

Schließlich gestand er ihr ein, dass er seinen Koffer vergessen hatte.

Da klatschte sie amüsiert in die Hände und lachte ihr fröhliches Lachen: „Keine Sorge! Ich werde Sie unter meine Fittiche nehmen."

Im Hotel angekommen, erklärte sie ihm: „In einer Stunde im Foyer! Dann kaufen wir Ihnen die notwendigsten Urlaubssachen."

Als er schon lange vor der angegeben Zeit auf sie wartete, dachte er: „Es ist ja ganz gut, dass sie Spanisch spricht, dann können wir in einem Billigladen ein paar Sachen kaufen und sie kann auch noch handeln."

Als sie endlich aus dem Aufzug trat, sah sie besonders hübsch in ihrem bunten Sommerkleid aus. Doch als sie dann mit ihm zum Taxistand ging, um in das ca. 15 km entfernte Städtchen zu fahren, wurde ihm schon wieder ganz mulmig zumute und er schaute dauernd auf den Taxameter, um festzustellen, wie viel Euro diese Fahrt kosten würde.

Ja, und einen Billigladen gab es auch nicht. Sie marschierte mit ihm in Designerläden. Namen wie Boss, Joop, Hilfiger, Missoni, Calvin Klein schwirrten in seinem Kopf herum. Und immer, wenn er etwas anprobiert hatte, schlug sie vor Begeisterung ihre Hände zusammen und ihr helles Lachen ertönte. Und weil sie ihm erklärte, er sehe in den Kleidern wie ein Model oder wie ein Filmstar aus, fühlte er sich geschmeichelt und kaufte die teuren Sachen.

In seinem Zimmer allerdings überkamen ihn fürchterliche Gewissensbisse und er beschimpfte sich selber, dass er dem Charme dieser kessen Frau aufgesessen war.

Drei Wochen Urlaub waren vorüber. Er ging durch den Zoll, schob seinen teuren Louis-Vuitton-Vier-Rollen-Koffer neben sich her. Er verabschiedete sich mit Küsschen von einer etwas fülligen blonden Frau und schaute ihr nach. Kurz bevor sie in der Menge verschwand, wandte sie sich noch einmal um und winkte ihm zu.

Niemand hätte in dem gut aussehenden, braun gebrannten Mann Eugen erkannt. Mit einer eleganten

Bewegung warf er sein Jackett über die Schultern und schritt dem Ausgang zu.

„Das waren die aufregendsten Wochen meines Lebens", dachte er und wusste, die nächsten Wochen, Monate, ja Jahre würden für ihn jetzt immer aufregend werden.

Und wem hatte er das alles zu verdanken?

Einem vergessenen Koffer!

Und bei diesen Gedanken spielte ein verschmitztes Lächeln um seinen Mund.

II. Susanne E. Stengel

„Was man als Kind gerne gemacht hat, darin liegt das Potenzial des Lebens."

Diesen Satz entdeckte Susanne E. Stengel 2008 beim Schmökern in einer Buchhandlung. Als Kind war sie eine ausgesprochene Leseratte. Warum also nicht selbst Geschichten schreiben? Sie absolvierte einen Fernlehrgang an einer Autorenschule und währendem entstand die Idee zu ihrem ersten Buch „Das Geheimnis in der Kapelle", ein Kinderkrimi, der 2013 erschien. 2014 folgte dann ihr Romandebüt „Und draußen Frühling".

Die beiden Beiträge „Schatten der Vergangenheit" und „Was vom Leben bleibt" sind bisher unveröffentlichte Texte. Bei „Fotoshooting" und „Heute schon geträumt" handelt es sich um Beiträge, die im Kalender „Kalendergeschichten 2016" veröffentlicht wurden.

Heute schon geträumt?

Seit einer Stunde harre ich bereits im Wartezimmer der Arztpraxis aus. Nichts geht hier vorwärts. Dabei muss ich noch einkaufen, kochen und die Wäsche vorsortieren, bevor ich zur Arbeit gehe. Ich schaue auf die Uhr. Mit Staubsaugen wird es heute bestimmt nichts mehr.

Lustlos blättere ich in einer dieser abgegriffenen Frauenzeitschriften. Eine Überschrift sticht mir ins Auge: „Heute schon geträumt?" Blöde Frage. Als ob der Tag zum Träumen da wäre. Entrüstet schlage ich die Zeitschrift zu und lege sie zurück auf den Tisch. Könnten die nicht was Sinnvolles schreiben? Etwas über das wahre Leben? Wahrscheinlich sitzt da keine einzige alleinerziehende Mutter in der Redaktion. Zeit zum Träumen, wer hat das schon? Ich jedenfalls nicht. Ich schlage die Beine übereinander und starre auf die gegenüberliegende Wand.

Das Warten nimmt kein Ende. Dann gibt es eben Spaghetti und ich erledige den Einkauf nach der Arbeit. Aber dann wird es wieder so spät.

›Heute schon geträumt? ‹, geistert es durch meinen Kopf. Widerwillig nehme ich die Zeitschrift zur Hand und suche nach dem Artikel. Ich will nur kurz ein bisschen drüber lesen.

„Der Weg zu Ihrem Lebenstraum in zehn Schritten. Befreien Sie Ihr Potenzial."

So ein Quatsch. Träume sind nichts, wovon meine Kinder satt werden und nichts, womit ich die Miete bezahlen kann. Verärgert blättere ich weiter, ohne wirklich etwas zu lesen. Die Buchstaben und Bilder treten immer mehr in den Hintergrund. Stattdessen schiebt sich ein anderes Bild vor meine Augen: ich, malend an einer Staffelei. Erst male ich einzelne Blüten in zarten Farben. Dann folgen immer mehr und sie beginnen zu leuchten wie ein Regenbogen. Ich vergesse die Zeit, sehe nur noch mich und das Aquarell, wie es unter meinen Pinselstrichen gedeiht.

„Frau Gruber bitte."

Die Frau neben mir stupst mich an. „Sie sind dran."

Es dauert einen Moment, bis ich aus dem Tagtraum erwache. Ein warmes Gefühl durchströmt meinen Körper. Eine flüchtige Idee keimt auf: Vielleicht sollte ich es versuchen … Vielleicht sogar mit den Kindern zusammen. Das wäre ein Spaß.

Auf einmal fühle ich mich nicht mehr schlapp. Wahrscheinlich ist doch keine Grippe im Anflug. Ich stehe auf, verlasse die Praxis und gehe zielgerichtet in den nächsten Laden, um Farbe und Pinsel zu kaufen.

Was vom Leben bleibt

Wie schnell die Jahre doch vorbeigerast waren und jeder Tag war ausgefüllt mit Arbeit. Jeden Morgen stand ich um sechs Uhr auf und traf pünktlich um acht Uhr im Büro ein. Natürlich hätte ich gerne Frau und Kinder gehabt, dann könnte ich im Ruhestand mit den Enkeln spielen. Aber wenn ich sah, wie viele meiner Kollegen mittlerweile geschieden waren oder Stress mit ihrer Familie hatten, dann war es doch besser, dass Dorothea mich damals verlassen hatte.

Dorothea. Selbst jetzt, nach über dreißig Jahren, überkam mich eine leise Wehmut, wenn ich an sie dachte. Am meisten hatte ich an Dorothea ihr ansteckendes, wohlklingendes Lachen geliebt. Obwohl, am Anfang unserer Beziehung hatte sie oft gelacht, später nicht mehr. Ich war ihr zu emotionslos, zu gediegen. Damit kam sie nicht zurecht. Aber das Leben musste doch in geordneten Bahnen verlaufen.

Ich verließ mein Büro wie immer um siebzehn Uhr. Ein letztes Mal schlurfte ich den Gang entlang und plötzlich fielen mir die Gemälde an der Wand auf. Ich hielt kurz inne, betrachtete die Werke. Der Maler hatte sich wirklich Mühe gegeben. Vielleicht sollte ich es auch mit Malen versuchen, jetzt, wo ich mehr Zeit hatte? Nun gut, man würde sehen. Nur nicht gleich ins Lotterleben verfallen. Alles musste weiterhin seine Ordnung haben.

„Alles Gute Herr Huber. Auf Wiedersehen", sagte der Pförtner am Empfang und winkte mir freundlich zu. Das hoffte ich natürlich nicht. Nein, nach vierzig Jahren Arbeit für die Firma konnte ich endlich mein Leben einteilen, wie ich es wollte. Der Chef hatte in seiner Rede bedauert, einen so zuverlässigen Mitarbeiter wie mich zu verlieren, aber irgendwann musste jeder in Rente gehen. Er schüttelte mir zum Abschied die Hand und meinte: „Schauen Sie doch mal wieder vorbei, falls es Ihnen zu Hause langweilig wird."

Warum sollte es mir langweilig werden? Ich würde mich schon zu beschäftigen wissen, und außerdem hatte ich ja in erster Linie meine Wohnung und den Garten in Schuss zu halten.

Meine Mutter hatte mir von klein auf beigebracht, dass ein gut durchstrukturiertes Leben nur Vorteile bringt. Man kommt nicht in schlechte Gesellschaft, hat einen ordentlichen Beruf und wird vom Leben nicht überrumpelt. Auch wenn ich als Kind manchmal lieber auf der Gasse gespielt hätte; sonntags morgens ging man eben zur Kirche und nachmittags in guten Kleidern spazieren. Während der Woche musste man lernen und den Eltern bei der Arbeit helfen. Und trotzdem, manchmal, wenn ich in der Stube saß und die anderen Kinder draußen tobten, gab es mir einen Stich ins Herz. Aber auch der ließ mit den Jahren nach.

Ich traf an der Haltestelle ein und wartete auf den Bus, der in die Vorstadt fuhr. Pünktlich wie ich es gewohnt war, fuhr er vor und ich stieg ein. Wie jeden Tag fuhr auch heute Heinz Oswald den Bus. „Angenehmes Wetter heute", begrüßte ich ihn freundlich.

„Wenn's hält. Die haben Regen angesagt", gab Oswald zurück.

„Davon hatten wir die letzten Wochen schon genug", murmelte ich vor mich hin.

„Ja, der April, der macht, was er will."

Auf einmal überfiel mich eine nie da gewesene Sehnsucht. Eine Sehnsucht nach Sonne und Meer. Sollte ich vielleicht erst einmal eine Urlaubsreise machen? Geld dazu hatte ich, aber wohin sollte ich fahren? Nie war Zeit für eine Reise in ferne Länder gewesen. Die letzten Jahre hatte ich meine Urlaubstage bei Mutter verbracht, damit sie nicht so einsam war. Ich half ihr im Sommer bei der Gartenarbeit und im Winter im Haus. Schließlich hatte ich ihr viel zu verdanken. Ohne sie wäre nichts Ordentliches aus mir geworden.

Ich gab mir einen Ruck, nickte Oswald zu und setzte mich wie jeden Abend auf meinen Stammplatz, direkt hinter den Busfahrer. Aus meiner Aktentasche holte ich die Tageszeitung heraus und schlug sie auf. Seite für Seite überflog ich die Artikel, bis mein Blick an dieser Annonce hängen blieb:

Junge und jung gebliebene Rentner gesucht zur Gründung einer Wohngemeinschaft auf Mallorca. Genießen Sie Ihren Ruhestand auf der Sonneninsel mit netten Menschen, kreativen Hobbys und jeder Menge Spaß.

Ich spürte wieder diesen Stich in der Herzgegend, wie damals als kleiner Junge. Vor meinem geistigen Auge sah ich mich schon am Strand spazieren gehen, mit kurzen Hosen und einem riesigen Strohhut auf dem Kopf. Ein warmer Wind wehte um meine nackten Beine, und unwillkürlich spürte ich den salzigen Geschmack des Meeres auf meiner Zunge.

„Aber wie ist es dort mit der Krankenversorgung?", schoss es mir durch den Kopf. Außerdem konnte ich sowieso kein Spanisch. In meinem Beruf als Buchhalter waren immer Zahlen wichtig gewesen. Aber manchmal, wenn ich alleine im Büro saß, sah ich für einen Augenblick zum Fenster hinaus. Sah, wie die Vögel ihre Flügel schwangen und hoch in den Himmel flogen. Auch bei den Vögeln ging alles seinen geordneten Gang, und dennoch konnten sie im Herbst wegfliegen in den warmen Süden.

Der Bus hielt an der Haltestelle an. Ich stieg aus und schritt die Straße entlang bis zur nächsten Kreuzung. Noch einmal jung sein, alles anders machen, auch mal ein bisschen verrückt sein, dachte ich wehmütig. Ich bog nach rechts ab, hielt inne und blickte die Straße hinunter. Sollte ich jetzt im Alter mein gewohntes Leben aufgeben? Alle meine Grundsätze, all die hart erarbeiteten Annehmlichkeiten über Bord werfen? Mein Leben war doch nicht schlecht bisher. Alles ging seinen gewohnten Gang, besser ging's nicht. Und überhaupt, ich musste erst einmal meine Wohnung renovieren und gründlich reinigen. Das würde gleich die ersten Monate meines Ruhestands in Anspruch nehmen.

Eilig schritt ich weiter, bis ich bei meinem Haus am Ende der Straße angekommen war. Ich schloss die Tür auf. Alles war ordentlich aufgeräumt, alles hier war mir vertraut. Ich hängte die Jacke an die Garderobe und ging in die Küche, richtete mir was zu essen her. Anschließend spülte ich das Geschirr und räumte alles wieder an seinen richtigen Platz. Ich ging ins Wohnzimmer und schaltete den Fernseher ein, die Zeitung nahm ich mit.

Noch einmal las ich die Annonce. Wieder war da dieser sehnsuchtsvolle Schmerz in meiner Brustgegend. Ich dachte an Mutter. Was würde sie wohl dazu sagen?

„Mein Junge, hast du dein ganzes Leben hart gearbeitet, um jetzt alles kaputtzumachen? Die wollen dir doch nur dein Geld aus der Tasche ziehen. Das ist nichts für dich."

Wahrscheinlich stimmte es. Trotzdem ließ sich das Gefühl nicht vertreiben, ich hätte etwas verpasst in meinem Leben. Dies war meine letzte Chance, es zu ändern. Es war nur ein winziger Schritt bis dahin, aber ein Schritt mit unbekannten Folgen, ein Sprung ins kalte Wasser.

Ich spürte, wie sich meine Augen mit Tränen füllten, und schluckte sie heftig hinunter. Lange Zeit saß ich reglos im Sessel, hielt mich mit den Händen an den Armlehnen fest. Bereit jederzeit aufzustehen und zum Telefonhörer zu greifen. Mein ganzes Leben zog wie ein Film vor meinem inneren Auge vorbei.

Auf einmal schreckte ich aus meinen Gedanken hoch. Ich straffte meine Brust. Ab morgen begann mein lang ersehnter Ruhestand, und ich hing hier Fantasieträumen nach. Fassungslos schüttelte ich den Kopf. Ich stand hastig auf, nahm die Zeitung und warf sie ins Altpapier. Dann schaltete ich den Fernseher aus und blickte auf die Uhr. Es war fast Mitternacht. Zeit, um endlich ins Bett zu gehen.

Schatten der Vergangenheit

Der Anruf war um neun Uhr am Montag gekommen. Seine Sekretärin sagte, ein Vertreter für die neue Elektroware wäre am Telefon.

„Herr Geissler?"

„Ja, am Apparat."

„Hier ist Ronny Geissler. Es gibt da etwas, dass wir besprechen sollten. Sagen wir morgen? Ich komme mit dem Zwanziguhrzug an."

„Warum sollte ich mich mit Ihnen treffen?"

„Sagte ich es nicht? Hier spricht Ronny, Ronny Geissler."

Dann legte der Anrufer auf. Claus Geissler hielt den Hörer in der Hand unfähig, sich zu bewegen. Schweißperlen bildeten sich auf seiner Stirn. Er spürte das Blut in den Schläfen pochen. Hektisch griff er sich an den Hals und lockerte die Krawatte. Dann sprang er hoch und trat ans Fenster seines Büros, stierte hinaus auf die Häuser der Kleinstadt.

Jetzt saßen sie sich in der Bahnhofsgaststätte gegenüber und nippten an ihrem Kaffee. Die Luft war stickig vom Essensgeruch und Qualm. Keiner sprach ein Wort. Eine unsichtbare Mauer schien zwischen ihnen zu stehen. Schließlich zog Claus Geissler eine Packung Zigaretten aus seinem Mantel und bot sie seinem Gast an. Ohne Eile, mit schweigender Miene nahm Ronny eine Zigarette aus der Schachtel und steckte sie in den Mund.

„Wie hast du mich gefunden?", fragte Claus Geissler und gab ihm Feuer. Ronny zog gierig an der Zigarette.

„Spielt das eine Rolle?", fragte er und behielt die Zigarette im Mundwinkel. Sie wippte zwischen seinen Lippen.

„Nein."

Schweigen. Der Dunst der Zigarette kitzelte Ronny in den Augen und er presste sie zusammen.

„Woher soll ich wissen, dass du wirklich Ronny bist?"

Ronny drückte die Zigarette im Aschenbecher aus und zog ein altes abgegriffenes Foto aus seiner Jackentasche. Mit spitzen Fingern schob er es über den Tisch. Claus Geissler betrachtete das Bild. Ein Hochzeitsfoto, sein Hochzeitsfoto. Die Erinnerung an die Frau war in seinem Gedächtnis beinahe schon verblasst gewesen. Doch das Foto ließ schlagartig alles wieder aufleben. Bilder tauchten vor seinem inneren Auge auf, als ob es gestern gewesen wäre.

Damals hatte er sich wie immer von seiner Frau und dem kleinen Ronny verabschiedet, bevor er zur Nachtschicht aufbrach. Doch an diesem Abend ging er nicht zur Arbeit. Dieser Abend veränderte sein Leben. An diesem Abend trat er seine Flucht in den Westen an. Bei Boizenburg schwamm er über die Elbe in die Freiheit. Niemanden hatte er von seinem Vorhaben eingeweiht, weder seine Eltern noch seine Frau.

„Du hast es ganz schön weit gebracht", unterbrach Ronny seine Gedanken und lauerte auf seine Reaktion. Claus Geissler nickte und verbarg seine Anspannung.

„Mutter ging es nicht so gut."

Sein Blick heftete immer noch an seinem Vater.

„Ich wollte euch immer nachholen. Weißt du. Aber es war nicht so einfach."

Er zuckte entschuldigend mit den Achseln.

„Keine einzige Zeile hast du mir je geschrieben. Warum?"

„Ich wollte dich nicht gefährden."

„Du lügst."

Ronny haute mit der flachen Hand auf den Tisch. Die Zigarettenstummel im Aschenbecher hüpften.

„Ich musste erst selbst Fuß fassen. Wie hätten wir sonst leben können?"

„Warum bist du überhaupt abgehauen? Du hattest doch alles."

„Weil ich meiner Familie ein besseres Leben bieten wollte. Ich war jung, ich wollte frei sein. Ich war voller Pläne, die ich drüben nie hätte verwirklichen können." Die Worte sprudelten aus ihm heraus, und während er sprach, wurde ihm gleichzeitig bewusst, wie höhnisch das klang und er schämte sich vor Ronny.

„Nun, du hast es geschafft, bist ein angesehener Bürger. Deine Firma fährt satte Gewinne ein. War es das wirklich wert?"

Betreten wich er dem Blick seines Sohnes aus und zündete sich hastig eine Zigarette an.

„Kannst du dir überhaupt vorstellen, was Mutter alles erdulden musste?"

„Wie geht es ihr?", brachte er mühsam hervor.

„Sie ist vor Kurzem gestorben." Ronny Geissler sah wehmütig auf das Foto. „Sie hat es nie verkraftet, dass du in den Westen abgehauen bist."

„Es tut mir leid."

„Dass ich nicht lache. Du hast sie doch längst vergessen. Wie kannst du nur mit dieser Lüge leben?"

„Was für eine Lüge?"

Claus Geissler versuchte, Zeit zu gewinnen und trotzdem spürte er instinktiv, dass er hier und jetzt Farbe bekennen musste.

„Deiner Wessi-Familie wirst du bestimmt nicht erzählt haben, dass du im Osten eine Familie hast?", herrschte Ronny ihn an.

Sein Vater zog heftig an der Zigarette. Die Glut bäumte sich sekundenlang auf, bevor sie zu Asche zerfiel.

„Du hast recht. Niemand weiß, dass es euch gibt."

Entsetzt starrte der Sohn ihn an. Obwohl er es geahnt hatte, traf ihn die Wahrheit dennoch wie ein Faustschlag.

„Wie? Du hast mich tatsächlich verleugnet, als ob ich gar nicht existiere?"

Ronny Geissler sprang von seinem Stuhl auf, schaute den Vater verächtlich an.

„Immer habe ich gehofft, dich zu finden. Ich hatte sogar Angst, du könntest nicht mehr leben … Das wäre besser gewesen."

„Aber Ronny …"

„Nein, ich will mit dir nichts zu tun haben. Ich habe keinen Vater. Ich habe nie einen gehabt!", schrie Ronny und eilte aus der Bahnhofsgaststätte.

Sein Vater folgte ihm Minuten später zum Bahnsteig und sah gerade noch, wie Ronny in den Zug einstieg, ohne sich noch einmal umzudrehen. Der Schnellzug fuhr ab. Der Bahnsteig war jetzt menschenleer.

Claus Geissler starrte lange Zeit auf die leeren Gleise. Plötzlich straffte er seine Schultern und lief los. Er hatte beschlossen, so zu tun, als sei nichts geschehen. Sein Kartenhaus stand noch. Es war nicht eingestürzt, dieser kurze Windhauch, der es gestreift hatte, konnte dem nichts anhaben. Eine Frage beschäftigte ihn allerdings, bohrte sich geradezu in sein Herz. Was, wenn sein Sohn die Wahrheit nicht für sich behielt?

Fotoshooting

„Meine Damen und Herren, darf ich vorstellen? Das ist Kornelius der Erste", erklärte der Burgführer.

„Das ist aber ein kleiner Ritter", meinte Irene.

„Früher waren die Menschen kleiner", antwortete Friedbert.

„Aber als Mann soooo klein. Der ist ja kaum größer als du."

„Na und? Auch kleine Männer haben ihre Stärken."

„Komm stell dich daneben. Das muss ich fotografieren."

„Wozu denn?"

„Damit man den Unterschied sieht: früher und heute."

„Spielst du jetzt auf meinen Bauch an?"

„Nein. Wo denkst du hin? Ich möchte nur ein Erinnerungsfoto mit dir und dem Ritter Konrad."

„Der heißt Kornelius."

„Meinetwegen. Dann eben Kornelius."

„Ich brauche kein Erinnerungsfoto."

„Friedbert bitte. Jetzt stell dich nicht so an. Wann haben wir schon mal die Gelegenheit eine echte Ritterrüstung zu sehen? Das müssen wir einfach festhalten."

„Das ist doch bloß ein Haufen Blech. Weiter nichts."

„Du bist ein echter Kulturbanause. Lass das bloß nicht Ritter Konrad hören."

„Kornelius".

„Sag ich doch. Meinst du, wir könnten das Visier hochklappen? Das würde besser aussehen."

„Irene!"

„… Das war vielleicht ein Nervenkitzel. Zum Glück steckt der Konrad nicht mehr in der Rüstung. Und jetzt stellst du dich neben ihn."

„Von mir aus. Sonst kriege ich doch keine Ruhe. Aber mach schnell. Die Leute gucken schon."

„Da fehlt noch was."

„Was soll denn fehlen?"

„Der Mantel."

„Der Mantel?"

„Ja, wenn du Konrads Mantel umhängst, sieht es besser aus. Da kommt der Vergleich früher und heute mehr zur Geltung."

„Als ob du eine Ahnung davon hättest."

„Siehst du, gleich besser … Jetzt noch den Mantel etwas mehr über die Brust ziehen, damit man das Wappen besser sieht."

„Jetzt mach endlich, Irene."

„Der Arm."

„Was ist mit meinem Arm?"

„Nicht deiner. Konrads. Konrads Arm muss auf deine Schulter. Dann ist das Foto perfekt."

„Kommt gar nicht infrage. Du machst jetzt ein Foto und Schluss."

„Ach Friedbertchen. Bitte. Mir zuliebe."

„Ich mach mich hier echt zum Affen."

„Das ist gut Friedbert. Bleib so. Noch ein wenig das Kinn vorstrecken. Bauch einziehen und …"

„Irene! Das Ding kippt!"

„Friedbert was für ein Bild. Einzigartig. Ritter Konrad besiegt Friedbert."

„Jetzt rede nicht so viel und befreie mich endlich von dem Blechhaufen."

„Toll Friedbert. Das hast du echt toll gemacht. Eine richtige Kampfszene!"

„Ich habe nicht gekämpft. Der hat sich selbstständig gemacht."

Möchten Sie mehr von Susanne E. Stengel lesen?

Bisher sind folgende Titel erschienen:

Und draußen Frühling (Schicksalsroman)
ISBN-Nr. 978-3-9817547-0-4

Klappentext:
Amanda ist eine junge, erfolgreiche Geschäftsfrau. Bis eine Allergie ihr Leben dramatisch verändert.
Ihr Stiefbruder Ralf übernimmt die Firmengeschäfte. Doch die Lage spitzt sich zu. Im Familienunternehmen kriselt es und viel länger hält Amandas Körper der Situation nicht stand.
Nur wenn sie ihrer inneren Stimme vertraut, kann sie den Kampf gegen die Krankheit und das Ringen um die Firma gewinnen.
Eine Geschichte, die ein Band über die Grenzen der Zeit webt. Denn ein paar Jahrhunderte zuvor muss Augustin einen Weg finden, der Dominanz und dem Spott seines Bruders Heinrich zu entkommen.

RAGIN – Die Geschichte einer Wiederkehr (historischer Roman)
ISBN-Nr. 978-3-9817547-4-2

Klappentext:
… denn Mensch bedenke: Ein jedes Unrecht fordert einen Ausgleich. Nichts auf dieser Welt wird vergessen.

Eine Geschichte, die im Jahr 550 ihren Anfang nimmt.

Ragin will nur eines: Hagaruns ungeborenes Kind retten. Zu spät erkennt er dabei die wahren Absichten seines Mitbruders Irminar. Ragin gerät in einen Sog aus Verrat und Unrecht. Die Gemeinschaft der Brüder schließt ihn aus. Niemals mehr darf er zum Heiligen Hain zurückkehren. Ein Verbannter, heimatlos und verlassen, der nur ein Ziel kennt: den Kampf um seine Ehre.

Einzig einem Menschen kann Ragin noch vertrauen: der Wahrsagerin Leila.

Gespannt lauschen wir den Worten des Erzählers, der lebhaft und mitreißend aus jener Zeit berichtet, da die Menschen den Göttern und Geistern huldigten und die Angst vor dem Dornenkeil allgegenwärtig war.

... und das Wort heißt Weihnachten – Die Geschichte eines Weihnachtsmuffels (heitere Kurzgeschichte)
ISBN-Nr. 978-3-9817547-2-8

Klappentext:
Nur noch wenige Tage bis Weihnachten.
Ein Grund zur Freude? Nicht für Max. Denn er hasst Weihnachtsfeiern jeglicher Art.
Dabei steht die Feier in der Firma unmittelbar bevor.
Und Max muss daran teilnehmen …

Freie Platzwahl – Geschichten durch die Woche
ISBN-Nr. 978-3-9817547-3-5

Klappentext:
Eine Wochenreise der besonderen Art.
Sieben Kurzgeschichten zeigen die Tage aus einem anderen Blickwinkel.
Vielfältig und bunt. Heiter und besinnlich.
Denn jeder Tag hat seine Eigenheit.

T & T 002 – Das Geheimnis in der Kapelle (Kinderkrimi – der erste Fall für die Detektive Tini und Tim)
ISBN-Nr. 978-3-9817547-6-6

Klappentext:
Endlich Sommerferien. Die Zwillinge Tini und Tim schmieden Pläne. Doch daraus wird nichts. Denn die Stadtkinder müssen die Ferien auf dem Bauernhof bei Verwandten verbringen. Hier ist es stinklangweilig und nicht mal das Handy hat Netzempfang.
Doch dann entdecken sie eine sprechende Madonnenfigur in der Waldkapelle.
Ein gespenstischer Spuk? … oder steckt etwas anderes dahinter?

Kalendergeschichten 2016 (Monatswandkalender, für jeden Monat eine Kurzgeschichte)

III. Henry Gerhard

Der frischgebackene Krimipreisträger aus Ellwangen-Rindelbach schreibt seit 2008 spannende Geschichten und veröffentlicht sie bei Books on Demand.

Ende Oktober 2015 gewann er mit seiner Kurzgeschichte „CSI Boandlkramer" den Sonderpreis für die witzigste Geschichte im Rahmen des Ralf-Bender-Preises.

Begonnen hat Henry Gerhard 2008 mit drei Geschichten um seine beiden Geheimagenten Harald Bornstedt und Peter Harder, die für das Auswärtige Amt brenzlige Aufträge erledigen.
Seit 2011 widmet er sich den Lokalkrimis. In diesem Jahr erschien sein Bayerwald-Krimi „Der Tod im Wald" und der erste Ellwangen-Krimi „Keine Tapas an der Jagst", der 2013 mit „Mord im Hasenlager" seine Fortsetzung fand. Teil 3 ist derzeit in Arbeit.

Bei den Kurzgeschichten „Der Friedhof ist erst der Anfang" und „Die Busfahrt" handelt es sich um bisher unveröffentlichte Texte.
Mit zwei Leseproben stellt Henry Gerhard seine beiden Ellwangen-Krimis um den Reporter Frank Reiser aus Rindelbach vor.

Der Friedhof ist erst der Anfang

Wir haben uns damals zufällig auf dem Westfriedhof kennen gelernt. Ich habe es dabei bewenden lassen. Für sie war es Zufall gewesen. Ich selbst glaube ja nicht an Zufälle. Es liegt auch nichts Zufälliges im Zufall. Deshalb glaube ich eben nicht an Zufälle. Aber für sie war es sicherlich Zufall gewesen. Okay.

Ich hatte, wie so oft in der Zeit, meinen morgendlichen Kaffee in Luigis Bar genommen und mich dann an mein tägliches Studium der Lokalzeitung gemacht. Ich lese gerne die Lokalzeitung. Von diesen großen, überregionalen Blättern halte ich dagegen wenig. Sie sind für meinen Zweck zu grob, nicht detailliert genug. Natürlich kommen die großen Tageszeitungen ihrem Bildungsauftrag nach. Ganz klar! Aber Bildung war nicht das Ziel meiner morgendlichen Lektüre. Schließlich lebte ich ganz gut in meinem Glauben daran, dass ich nach einer erfolgreichen Abiturprüfung an einem bayerischen Gymnasium für das Leben gebildet genug war.

Aber man kann ja nie wissen. Die Dinge können sich ändern. Deshalb ließ ich es ungehemmt zu, wenn der eine oder andere Artikel in diesen überregionalen Blättern meine Bildung doch und unbewusst erweiterte. Denn schließlich hatte ich mir die Zeitung nicht selbst gekauft, sondern aus Luigis Zeitungsständer genommen. Ein besseres Preis-Leistungsverhältnis konnte man auch nicht verlangen. Und mehr Bildung ist immer noch besser als weniger. Nicht immer ist weniger mehr.

Ich legte also in Luigis Bar diese überregionale Zeitung – sagen wir mal, es könnte damals die Süddeutsche Zeitung gewesen sein – nach erfolgreichem Bildungsbemühen zur Seite und wandte mich meiner eigentlichen Aufgabe, der Lokalzeitung zu. Na gut, die regionalen Sportnachrichten und die Artikel über die Vorstandswahlen beim örtlichen Kaninchenzuchtverein konnte ich getrost überblättern. Das soll jetzt nicht heißen, dass ich unsportlich bin oder keine Kaninchen mag. Ich treibe regelmäßig Sport. Joggen, neuerdings etwas Nordic Walking - man muss ja schließlich mit der Zeit gehen – und natürlich Schwimmen. Alles gesunde Sportarten, so man sie in Maßen betreibt. Der Haken daran ist aber letztlich, dass man es dann aber auch nicht in die Sportnachrichten schafft. Es sei denn, man wird beim Joggen von einem Lkw überfahren oder wird beim Überqueren eines unbeschrankten Bahnüberganges von einem Zug „mitgenommen", in den man eigentlich gar nicht hatte einsteigen wollen. Ich gebe natürlich unumwunden zu, dass es dann nicht die Sportnachrichten werden, sondern der Lokalteil im engeren Sinne. Oder vielleicht der Polizeibericht. Wenn es sich bei dem heranbrausenden Zug um einen ICE gehandelt hat, könnte man es auch auf die Seite 3 schaffen. Aber das war noch nie mein Ziel. Ich treibe Sport um der Gesundheit willen und nicht wegen der Seite 3.

Ich blätterte also rasch und ohne viele Umwege über lokale Sportnachrichten und Vorstandswahlen von Kaninchenzuchtvereinen hinweg und hatte sie vor mir. Klar gegliedert, von einem bestechenden Corporate Design, sodass ich sie auch in der Lokalzeitung einer anderen Stadt sofort wieder erkannt hätte. Ich habe sogar mal einen Selbsttest durchgeführt und mir in Oslo – für weniger gebildete Zeitgenossen, das ist die Hauptstadt von Norwegen (ich erspare mir jetzt auszuführen, wo Norwegen liegt) – eine Tageszeitung gekauft. Und tatsächlich, ich habe den Test bestanden. Ich habe sie auf Anhieb erkannt. Todesanzeigen sehen fast überall auf der Welt ähnlich gestylt aus. Die Einschränkung „fast überall" muss ich natürlich machen, da ich die Aussage nicht auf der ganzen Welt überprüft habe. War mir am Ende zu teuer und auch nicht wichtig genug.

Der Verblichene hatte Kurt Sassnitz geheißen und eine Ehefrau Doris Sassnitz als Witwe hinterlassen. Von Kindern und Eltern war nicht die Rede. Auch hatten sich keine Geschwister, Schwägerinnen und Schwager oder liebende Patenkinder in die freie Fläche unter Kurts Lebensdaten und seine nun trauernde Witwe Doris gedrängt. Ich holte meinen Notizblock aus meiner Jackentasche und notierte mir die wichtigsten Daten. Kurt war 43 Jahre alt geworden.

Auch an den folgenden Tagen frequentierte ich gewohnheitsmäßig Luigis Bar und studierte die Todesanzeigen. Keine Firmenleitung, kein Betriebsrat, kein Motorradclub, kein Kaninchenzuchtverein hatte einen Nachruf auf Kurt Sassnitz veröffentlichen lassen. Auch hatte Doris Sassnitz keine Danksagung für die aufopferungsvolle Pflege ihres Gatten durch den XY-Dienst, die letzte medizinische Begleitung durch Dr. med. Müller, die rührende Ausgestaltung der Beerdigung durch den Hochwürdigen Herrn Pfarrer Schulze oder ähnliches geschaltet. Kurt war also ein unauffälliger Zeitgenosse gewesen, der unauffällig verstorben und unauffällig beigesetzt worden war.

Ich gab Doris noch zwei weitere Tage Zeit, bis sie so weit war. Dann zog ich meinen dunklen Anzug an und machte mich auf zum Westfriedhof, um Doris Sassnitz zufällig zu treffen. Ich hatte natürlich in den Tagen davor die Grabstelle von Kurt ausfindig gemacht. Man soll ja nichts dem Zufall überlassen! Schräg gegenüber lag seit gut einem Jahr Elisabeth Braun. Das war aus zwei Gründen besonders praktisch. Kurze Wege sind immer gut für ein Vorhaben wie meines. Und als Kenner der Materie hatte ich natürlich erkannt, dass gestern der erste Todestag von Elisabeth Braun vergangen war, ohne dass sich jemand um das Grab bemüht hatte. Der akkurate Grabschmuck, den die Gärtnerei Beimer – Meister ihres Fachs, wenn ich das so sagen darf – vor

den Grabstein gezaubert hatten, wies keinerlei individu-
elle Veränderungen auf, die darauf hätten schließen
lassen können, dass irgendjemand - außer der jährlichen
Bezahlung der Rechnung der Beimers - einen persönlichen Bezug zu der Verstorbenen aufrechterhalten wollte. Ich hatte vorsichtshalber den Blumenschmuck an
Kurts Grab etwas herausgezogen, damit die Wurzeln die
Blüten nicht so gut mit Wasser versorgen konnten.
Deshalb sahen sie etwas mickrig aus, als Doris erschien.

„Sie bräuchten etwas mehr Wasser", begann ich also
meinen Dialog mit Doris.

Man überlegt sich ja die ersten Worte möglichst genau, wenn man eine Frau kennen lernen will. Ich wollte
es aber dabei auch nicht übertreiben und fand deshalb
zum Einstieg „Sie bräuchten etwas mehr Wasser" gar
nicht unoriginell. Es sollte ja auch nicht zu aufdringlich
klingen. Trauernde brauchen auch erst einmal ein bisschen Zeit. Deshalb darf man sie nicht überfordern. Die
Gehirnwindungen sind noch betäubt. Intellektuelle
Dialoge können da leicht ins Kontraproduktive entglei-
ten. Ich fand deshalb „Sie bräuchten etwas mehr Wasser" sehr angemessen, nicht zu aufdringlich und auf gar
keinen Fall überfordernd.

„Wie bitte?", antwortete Doris und ich konnte trotz
ihrer dunklen Sonnenbrille erkennen, dass sie keine
verweinten Augen mehr hatte.

Geduld ist mit eine der wichtigsten Eigenschaften,
die man in meinem Metier mitbringen muss. Verweinte
Augen hätten ganz klar darauf hingedeutet, dass Doris
noch nicht so weit war. Bei verweinten Augen wäre ein
„Sie bräuchten etwas mehr Wasser" tödlich gewesen.
Dann hätte ich noch einige Zeit warten müssen oder –
im schlimmsten Fall – das Unternehmen Doris Sassnitz
gleich wieder abbrechen müssen. Quasi im Startblock
verhungert.

„Die Blumen. Sie bräuchten etwas mehr Wasser. Dann halten sie länger", begann ich, den zarten Gesprächsfaden aufzunehmen und daran nur sanft zu ziehen, um ihn ja nicht abreißen zu lassen.

„Darüber habe ich mir noch keine Gedanken gemacht", antwortete Doris.

„Ja, ich weiß. Diese Äußerlichkeiten haben keine Bedeutung, bis man etwas Abstand gewonnen hat. Es klingt jetzt vielleicht etwas dahergesagt, aber als ich vor einem Jahr an Ihrer Stelle war, hatte meine Lisa auch vertrocknete Blumen auf dem Grab stehen."

„Ich verstehe nicht."

„Habe ich damals auch nicht. Ich war alleine und niemand hat mir gesagt, dass die Blumen auf Lisas Grab mehr Wasser bräuchten. Mittlerweile habe ich verstanden, was dahinter steckt."

„Ja?"

„Ach entschuldigen Sie. Ich hab mich gar nicht vorgestellt. Karl Sellin. Entschuldigen Sie bitte. Ich war so in Gedanken. Meine Lisa ist erst seit einem Jahr tot. Gestern war ihr erster Todestag."

„Doris Sassnitz. Kurt war mein Mann. Waren Sie verheiratet?"

„Ja, aber Lisa, so nannte ich Elisabeth, hat darauf bestanden, ihren eigenen Nachnamen Braun weiter zu führen. Sie war eine so selbständige Frau. Ich wollte aber auch nicht Braun heißen. Deshalb hat jeder von uns seinen Nachnamen behalten. Wenn man sich liebt, sind solche Dinge auch nicht wirklich wichtig. Entschuldigen Sie bitte, ich habe natürlich nichts dagegen, wenn Ehepartner sich auf einen gemeinsamen Familiennamen einigen können. Im Grunde genommen bin ich ja auch ein sehr konservativer Mensch. Aber Lisa wollte nicht Sellin heißen. So ist das manchmal. Wie gesagt, wenn man sich liebt, sind solche Dinge nicht ganz so wichtig."

„Ja, Sie haben sicher Recht. Mein Mann hat damals darauf bestanden, dass wir beide seinen Namen Sassnitz als Ehenamen tragen. Er wollte nicht Kurt Binz heißen. Ich bin eine geborene Binz, müssen Sie wissen."

„Die Kinder können sich den Namen dann ja wieder aussuchen."

„Unsere Ehe ist leider kinderlos geblieben. Kurt war zeugungsunfähig. Ich hätte gerne welche gehabt, müssen Sie wissen."

„Ich könnte Ihnen meine leihen, Frau Sassnitz", lenkte ich nun das Gespräch wieder auf Kurts Blumen.

„Ich verstehe nicht."

„Meine Gießkanne. Die könnte ich Ihnen leihen. Ich habe es heute nicht eilig. Rund um den Todestag von Lisa habe ich mir frei genommen. Ich hab heute sonst nichts mehr vor."

„Ach so. Das ist aber nett von Ihnen. An eine Gießkanne habe ich überhaupt noch nicht gedacht."

„Warten Sie, ich hole Ihnen das Wasser. Wer nicht an die Gießkanne denkt, hat sich sicherlich auch noch nicht darüber informiert, wo der Wasserhahn sitzt."

„Stimmt, Herr Sellin. Das ist aber sehr freundlich von Ihnen."

Sie hatte bei den letzten Worten etwas gelächelt. Triumphierend marschierte ich zur Zapfstelle, die etwas abseits des Zentralweges lag, den Doris Sassnitz zur Grabstelle ihres Mannes hin immer genommen hatte. Der unscheinbare Wasserhahn war ihr deshalb bislang noch nicht aufgefallen. Zehn Minuten später hatte ich zwei Kannen auf den Blumenschmuck an Kurts letzter Ruhestätte verteilt, worauf die Blütenköpfe sich gleich sichtlich dankbar etwas aufrichteten. Natürlich hatte ich als vorbereitende Maßnahme zuerst noch die gelockerte Erde an den Wurzelballen festgedrückt. Diese hatten ihren Zweck für mich ja schon bestens erfüllt.

Mit einem Stofftaschentuch wischte ich mir zum Schluss noch über meine schwarzen Schuhe, die etwas von der Graberde abbekommen hatten.

„Ich lade Sie selbstverständlich jetzt auf einen Kaffee ein. Keine Widerrede!"

Ich hatte nichts dagegen und wir landeten in Luigis Bar. Ich suchte uns einen Tisch am Fenster aus und ging zu Luigi an den Tresen.

„Zwei Cappuccino und zwei Stück Apfelkuchen. Luigi, das ist Doris, die Todesanzeige vom Dienstag letzter Woche", flüsterte ich Luigi ins Ohr.

„Bellissima! Bellissima!", stammelte Luigi begeistert und klopfte mir anerkennend auf die Schulter.

Vier Wochen später bin ich bei Doris eingezogen. Im Vergleich mit meiner Zweizimmerwohnung konnte die Villa von Doris ziemlich gut mithalten. Ziemlich gut ist natürlich eine schamlose Untertreibung. Aber - das muss einschränkend erwähnt werden – es war eigentlich Kurts Villa gewesen. Aber – das ist jetzt keine wirkliche Neuigkeit – Kurt war ja umgezogen und hatte für einhundertneunzig Quadratmeter keine weitere Verwendung mehr. Auch nicht mehr für den Swimmingpool, nicht mehr für den Jaguar und die anderen teuren Dinge, die er sich von seinem Gehalt als leitender Angestellter einer bekannten – mir war sie zumindest schon vorher bekannt gewesen - Versicherungsgesellschaft hatte kaufen können und – nicht mehr für Doris.

Bald darauf war Doris schwanger. Als sie mir davon erzählte, dass sie sich in anderen Umständen befand, dachte ich kurz daran, ihr zu beichten. Ich fand aber dann, dass es keine besonders gute Idee sein könnte, eine werdende Mutter mit solch profanen Dingen zu belasten. Ein Kind zu bekommen sollte eine reine Freude sein. Die Wahrheit ist das oft nicht. Eine reine Freude, meine ich natürlich. Also beließ ich es dabei und kümmerte mich um Doris und unseren Nachwuchs.

Mittlerweile bin ich seit über einem Jahr nicht mehr bei Luigi gewesen. Geschäftlich gesehen, hatte ich keinen Grund mehr dazu gehabt. Und bildungsmäßig hatte ich das Studium dieser überregionalen Tageszeitungen sowieso nicht nötig gehabt. Ich muss Luigi mal wieder besuchen und ihn fragen, für wen er die Süddeutsche Zeitung eigentlich abboniert hat und ob die überhaupt von Irgendjemandem außer mir gelesen worden ist.

Zwillinge sind in mancher Hinsicht eine doppelte Freude. Zumindest trifft das auf Lena und Maja zu. Was mich betrifft, ich sehe es so und Doris sieht es auch so. Den praktischen Nutzen von Kindern hatte ich allerdings auch unterschätzt. Bislang hatte mich Doris nie danach gefragt, womit ich mein Geld verdiente. Es war ihr nicht wichtig oder es gab einen anderen Grund, den ich noch nicht erfahren habe. Nachdem Lena und Maja ihren ersten Geburtstag gefeiert hatten, beschloss Doris, wieder in ihren Beruf einzusteigen. Wie war sie froh, dass ich spontan einwilligte, künftig als Hausmann die Villa und die Kleinen zu versorgen und ihr den Rücken frei zu halten. Natürlich nicht in der Reihenfolge.

Ich weiß es wirklich nicht mehr, warum ich in jener Nacht auf die nicht ganz so gute Idee gekommen bin, Doris endlich reinen Wein einzuschenken. Gewissensbisse? Ich weiß es wirklich nicht. Nach einer halben Stunde Anlauf kam ich endlich auf die Geschichte mit den Todesanzeigen und dem Grabschmuck zu sprechen. Ich erklärte ihr die Sache mit der Gießkanne und dem Wasserhahn. Womit ich aber nicht gerechnet hatte, war ihr herzerfrischendes Lachen.

„Ich hab Dich damals gleich kommen sehen. In Deinem schicken dunklen Anzug. Ich hab mir schnell meine Tränen getrocknet, meine Sonnenbrille aufgesetzt und die olle Gießkanne, die mir meine Tante Gerda mitgegeben hatte, gerade noch rechtzeitig hinter den nächsten Grabstein schmeißen können."

Die Busfahrt

Ruckartig schaltete das Getriebe des roten Linienbusses hoch. Schwungvoll und gekonnt lenkte der Busfahrer sein Gefährt über die Busspur der großen Kreuzung in Richtung Hauptbahnhof.

„Oma, warum ist denn der Mann schwarz?", fragte Bärbel Häberle ihre Großmutter.

„Geh, Bärbele, setz Dich richtig hin und schau nicht immer zu dem Mann nach hinten", wies Gerda Häberle ihre Enkelin ruhig, aber bestimmt zu Recht.

„Aber der Mann ist doch schwarz. Was macht denn der in unserem Bus?", quengelte Bärbel weiter.

„Das wird halt ein Asylant sein. Der hat halt kein Auto, deshalb fährt er mit dem Bus", versuchte Gerda Häberle den Wissensdurst ihrer Enkelin zu stillen.

„Oma, sind alle Schwarzen Asylanten?"

„Nicht alle. Nur bei uns. In Afrika sind auch die normalen Leute schwarz. Ich glaub, in Afrika gibt es gar keine Asylanten. Genau weiß Ich das aber auch nicht."

„Ist der Herr Pfarrer dann auch ein Asylant?"

„Geh, wie kommst Du denn jetzt da drauf, kleines Dummerle?"

„Der ist doch auch schwarz, oder?"

„Der ist doch nicht schwarz. Der Herr Hochwürden ist doch aus Indien."

„Der ist aber fast genauso schwarz wie der Mann da hinten."

„Geh Bärbele, der Herr Hochwürden ist doch nicht so schwarz wie der Asylant da hinten."

„Sind die Asylanten eigentlich reich, Oma?"

„Geh Bärbele, jetzt hör endlich auf mit dem Unsinn. Asylanten sind doch nicht reich. Sonst wären sie doch keine Asylanten."

„Der schwarze Mann hat aber eine Joop-Jeans und eine Hilfiger-Jacke an und die sind sehr teuer. Das weiß ich von meiner Schwester Sandra. Die möchte auch immer Joop-Klamotten und die Mama kauft sie ihr nicht, weil die so teuer sind."

„Reiche Leute werden die Sachen halt bei der Caritas abgegeben haben. Weißt Du, Bärbel, bei der Caritas bekommen die Asylanten was zum Anziehen."

„Ich möchte auch ein Asylant sein. Dann hätte Ich auch Joop-Sachen zum Anziehen."

"Hauptbahnhof! Nächster Halt - Hauptbahnhof!", krächzte es aus dem Lautsprecher über dem Hinterausgang des Linienbusses.

Gerda Häberle nahm die Hand ihrer Enkelin und ging mit ihr zum Ausgang, um an dieser Haltestelle den Bus zu verlassen.

Der Schwarze war danach noch bis zum Osthafen in dem Bus sitzen geblieben. Dort hatte die englische Automarke Bentley ihr Auslieferungslager. Er hatte sich schon den ganzen Morgen auf seinen neuen Firmenwagen gefreut und deshalb nicht den Chauffeur zur Abholung dort hin geschickt, sondern den Bus genommen, um das selbst zu erledigen.

Erst beim Aussteigen hatte er seine Kopfhörer abgenommen. Musik von Wagner war ideal gegen das sinnlose Geplapper der Leute in diesen ständig überfüllten Linienbussen.

Keine Tapas an der Jagst
Ellwangen-Krimi (Band 1)

Klappentext:

Spanien ist Weltmeister! Am Morgen nach dem Finale der Fußballweltmeisterschaft konnte sich Carlos Martinez aber schon nicht mehr darüber freuen. Seine Leiche lag da schon am Ufer der Jagst. Was hat ein Schutzgelderpresser aus Stuttgart in dem beschaulichen Ellwangen zu suchen? Holländische Fußballfans und ein Biker des Motorradclubs Rindelbach stehen schnell ganz oben auf der Verdächtigenliste der Ellwanger Polizei.

Frank Reiser hat gerade ganz andere Probleme. Die Scheidung von seiner Noch-Ehefrau und der Verkauf seines Elternhauses laufen ganz gut, da kommt ihm seine Jugendliebe Ellen Steiger in die Quere. Der Journalist und die erfolgreiche Anwältin stecken plötzlich mitten in der „Mordsache Spanier".

Leseprobe:

Stuttgart-Bad Cannstatt (3. Mai 2010)

„Angelo, Du willst uns wohl verarschen. Erzähl mir nicht, Du hättest das Geld nicht!", sagte Erin Galcan zu Angelo Faustino, dem Pächter der Pizzeria „La Gondola" in Stuttgart-Bad Cannstatt.

„Lasst mich in Ruhe, Ihr faulen Schweine. Ich will mit Euch nichts zu tun haben. Wenn Ihr in einer Minute nicht aus meiner Küche verschwunden seid, rufe ich Don Vincenzo!", erwiderte Angelo Faustino und hielt ein schweres Hackmesser wie zur Unterstützung seiner Worte in Richtung Erin Galcan.

Seit etwa drei Wochen beobachteten Erin Galcan und sein Kollege Carlos Martinez die Pizzeria im Auftrag ihres Chefs Ture Schäffler. Ture Schäffler war einer der Stuttgarter Kredithaie und lieh selbst Leuten, denen das Wasser bereits bis zu den Nasenlöchern stand, noch Geld. Gegen üppige Zinsen natürlich! Natürlich! Das war aber in der Branche üblich und nicht überraschend. Ture Schäffler hatte ja auch Ausgaben und manche seiner Kunden keinerlei andere Sicherheiten als ihr nacktes, beschissenes Leben.

Ture Schäffler hatte noch zwei weitere Geschäftsmodelle am Laufen. Er trieb mit seinen Leuten für Andere deren Schulden ein und bot Geschäftsleuten Sicherheit für ihre Unternehmungen an. Die erste Geschäftsidee setzte er mit seiner Firma Nordin Inkasso um, die in Bad Cannstatt in der Waiblinger Strasse ein repräsentatives Büro unterhielt. Von dort aus wurde – allerdings ohne dies auf dem Messingschild am Eingang des Bürogebäudes zu vermerken – auch der Schutz von Unternehmungen diskret organisiert.

Etwas weniger diskret waren heute aber Erin Galcan und Carlos Martinez nach Schließung des „La Gondola" zu Angelo Faustino in dessen Küche eingedrungen. Die meisten seiner Angestellten hatte Angelo Faustino bereits nach Hause geschickt. Lediglich zusammen mit seinem Sohn Giovanni und seiner Tochter Ricarda räumte er noch die Küche auf. Eigentlich wollte er in wenigen Minuten damit fertig sein. Eigentlich.

„Angelo, wir haben Dich beobachtet. Dein Lokal geht gut. Sehr gut sogar. Vielleicht geht es auch zu gut. Gut gehende Lokale rufen den Neid der Konkurrenz auf den Plan. Böse Dinge könnten passieren. Neid schmiedet leicht böse Pläne", sagte Erin Galcan mit verschwörerischem Unterton in seiner Stimme.

„Verschwindet! Und sagt Eurem Boss, ich zahle an Don Vincenzo für meine Sicherheit. Ihr bekommt von mir keinen Cent. Und jetzt raus mit Euch!", antwortete Angelo Faustino mit fester Stimme.

„Wo waren nur Don Vincenzos Leute?", fragte sich Giovanni Faustino die ganze Zeit. Giovanni hatte den Alarmknopf unter dem Tresen bereits gedrückt, als er die beiden dunkelhaarigen Männer durch den Hintereingang die Küche betreten sah. Aber noch war von Don Vincenzos Truppe nichts zu sehen.

Sie zahlten Don Vincenzo regelmäßig eine horrende Summe, um in Ruhe ihre Pizzeria betreiben zu können. Die Faustino stammten aus San Luca in Kalabrien. An der italienischen Stiefelspitze war es ganz normal, dass man sich in die Obhut eines Schutzpatrons begab, um sicher und unbehelligt seinen Unternehmungen nachgehen zu können. Deshalb hatte Angelo Faustino sich vor sieben Jahren auch in Bad Cannstatt dem Patron Don Vincenzo unterstellt. Bisher hatte sich das für die Faustino ausgezahlt. Das „La Gondola" lief prächtig.

Die beiden ungebetenen Besucher waren Giovanni schon in der letzten Woche aufgefallen. Sie hatten an mehreren Tagen zu unterschiedlichen Tageszeiten zusammen in der Pizzeria gegessen. Nach dem Essen blieben sie stets noch etwas sitzen, um sich zu unterhalten. Beide trugen dunkle Anzüge und Sonnenbrillen, dazu auffällige Uhren und Schmuck. Der eine, der jetzt in der Küche das Wort führte, war etwa einen Meter neunzig groß und hatte kurz geschorene, graue Haare. Seinem Akzent nach zu urteilen, stammte er aus dem ehemaligen Jugoslawien und war geschätzte Mitte vierzig Jahre alt. Der jüngere von beiden hatte langes, glänzendes schwarzes Haar, das er zu einem Pferdeschwanz gebunden trug. Er sah aus wie ein Spanier, sprach aber lupenreines Schwäbisch, wie viele Nachbarn der Faustino.

„Rück fünfhundert Euro raus! Damit ist unser Boss vielleicht erst einmal zufrieden. Ich werde ihm sagen, dass heute Abend Dein Lokal nur schwach besucht war. Vielleicht sage ich ihm aber auch, dass Du nicht besonders kooperativ warst. Soll ich ihm das wirklich sagen?

Mein Boss mag es lieber, wenn die Leute kooperativ sind. Oder bist Du doch kooperativ, Angelo?", fragte Erin Galcan mit immer leiser werdender Stimme.

„Verschwindet endlich!", war Angelo Faustinos einzige Antwort.

Blitzschnell schnellte die Hand von Carlos Martinez nach vorne und umklammerte die rechte Hand von Angelo Faustino, mit der dieser bisher das Hackmesser bedrohlich in Richtung Erin Galcan gehalten hatte. Zweimal musste er Angelos Handrücken fest auf die Arbeitsplatte schlagen, bis dieser seinen Griff löste und das Hackmesser zu Boden fiel. Mit zwei wuchtigen Faustschlägen gegen Nase und Bauch streckte er anschließend Angelo Faustino zu Boden, ohne dass dieser die Chance auf eine Gegenwehr hatte. Angelo Faustino lag nun auf dem Rücken und hielt sich mit der einen Hand seine Magengrube und mit der anderen Hand tastete er nach seiner blutenden Nase, die allem Anschein nach gebrochen war.

„Angelo, gib uns das Geld. Sonst passiert Deinen Kindern noch etwas."

„Lasst meine Kinder in Ruhe, Ihr Schweine!"

„Giovanni, gib ihm die fünfhundert Euro, damit sie endlich verschwinden."

Giovanni Faustino ging in die Gaststube, nahm das Geld aus der Kasse und kam nach wenigen Sekunden wieder zurück in die Küche. Sein Vater lag immer noch am Boden. Ricarda war bei ihm. Carlos Martinez hatte das Hackmesser mittlerweile aus der Reichweite von Angelo Faustino geholt und aufgehoben, um ihn nicht in Versuchung zu führen. Erin Galcan stand am Küchentisch, als ihm Giovanni Faustino die Geldscheine auf die Arbeitsplatte legte.

Unvermittelt holte Carlos Martinez mit dem Hackmesser aus und schlug damit wuchtig auf die Arbeitsplatte. Kleiner und Ringfinger an der rechten Hand von

Giovanni Faustino wurden dadurch glatt abgetrennt und rollten seitlich weg.

Das Geräusch dabei hörte sich an, als ob man die Flügel an einem gerupften Hühnchen abhackt. Bloß bei einem Hühnchen lief anschließend kein Blut auf die Arbeitsplatte. Und ein Hühnchen schrie auch nicht vor Schmerzen, so wie das Giovanni Faustino jetzt tat. Ein Hühnchen wurde auch nicht in das nächste Krankenhaus gefahren, um die Flügel wieder anzunähen, so wie das mit den Fingern von Giovanni Faustino geschah. Das Hühnchen wäre ja - ganz im Gegensatz zu dem Italiener – jetzt schon tot gewesen. Dieser Vorteil gegenüber dem Hühnchen war Giovanni Faustino auf den ersten und selbst auf den zweiten Blick nicht aufgefallen. Und Carlos Martinez war es auch egal gewesen, als er das Hackmesser in Richtung der menschlichen Hühnchenflügel in Form zweier Finger heruntersausen ließ. Als gelernter Koch hatte Carlos Martinez schon viele Hühnchenflügel abgehackt, um ein Tier zu parieren und bratfertig zu machen. Die Faustino parierten jetzt sicher auch und waren für Ture Schäffler bratfertig.

Ellwangen-Rindelbach (12. Juli 2010)

Packo schnüffelte zuerst an dem dunklen Fleck auf dem Betonboden der Fußgängerbrücke. Aufgeregt wedelte er dabei mit seinem spitzen Schwanz. Der Dackel-Rüde drehte seinen Kopf zu Alexander hin und verfolgte dann den Geruch weiter zum Geländer der Brücke hin. Drei Metallstreben des Brückengeländers waren ebenfalls mit einem eingetrockneten dunklen Belag überzogen, der offensichtlich das Interesse der feinen Nase des kleinen Hundes geweckt hatte.

Mit einem Satz hüpfte Packo plötzlich von der Brücke und lief den kurzen steilen Abhang hinunter an das Ufer der schnell vorbei fließenden Jagst. Packo fing laut an zu bellen, als er den leblosen Körper erreicht hatte. Alexander beugte sich über das Brückengeländer, um zu sehen, was da unten vor sich ging.

Obwohl Packos Herrchen erst zwölf Jahre alt war, merkte Alexander sofort, dass der Mensch, der regungslos im Gras lag, nicht schlief. Seine Arme standen in unnatürlicher Haltung vom Körper ab und das Gesicht hing bis etwa zum Haaransatz in das Wasser. Alexander durfte zusammen mit seinen Eltern ab und zu schon Krimis im Fernsehen anschauen.

„Dieser Mann ist tot!", sagte ihm deshalb seine kindliche Logik.

„Packo, aus! Packo, aus!", rief er laut in die Richtung seines Hundes.

Seine Mutter war gleich am Telefon, als sie auf dem Display des Festnetzgerätes „Handy Alexander" abgelesen hatte.

„Was ist denn, mein Schatz?", fragte sie ihren Sohn, als die Verbindung hergestellt war.

„Mama, da liegt ein Toter", antwortete Alexander mit leicht erregter Stimme.

„Sascha, was meinst Du mit ‚da liegt ein Toter?'", wollte sie besorgt wissen.

„Mama, da liegt ein Toter, direkt an der Fußgängerbrücke. Der Packo hat ihn gefunden. Ich hätte ihn gar nicht gesehen, wenn der Packo nicht hingelaufen wäre und gebellt hätte", antwortete Alexander seiner Mutter.

„Sascha, ist jemand in Deiner Nähe?"

„Nein, Mama", antwortete Alexander bereits, bevor seine Mutter eine weitere Frage stellen konnte.

„Lauf schnell hinüber zur Reithalle! Ich rufe sofort die Polizei und komme mit Papa zur Reithalle. Lauf schnell hinüber zur Reithalle! Bitte! Hast Du das verstanden? Du musst da sofort weg!"

„Mama, ich bin doch kein kleines Kind mehr. Ich habe das schon verstanden. Wenn im Fernsehen Tote gefunden werden, kommt immer die Polizei. Das ist doch klar. Packo und ich bewachen jetzt den Tatort, damit keine Spuren verwischt werden."

„Sascha, Du bist ein schlauer Junge. Aber bitte gehe jetzt rüber zur Reithalle. Von dort aus kannst Du den Tatort auch bewachen. Bitte gehe zur Reithalle!"

„Ja, Mama. Leg endlich auf, damit Du die Polizei anrufen kannst."

„Ja, Sascha, Du bist ein schlauer Junge", wiederholte sie wie zur Selbstberuhigung.

„Ja, Sascha, mache ich. Und Du gehst hinüber zur Reithalle und wartest auf Papa und mich. Bitte!"

Alexander verstand gar nicht, warum sich seine Mutter so aufregte. Er war doch kein kleiner Junge mehr. Er war immerhin schon zwölf Jahre alt. Und Packo war ja auch dabei.

Mord im Hasenlager –
Ellwangen-Krimi (Band 2)

Klappentext:

Oberbürgermeisterwahl in Ellwangen. Kurt Berger, ein designierter Kandidat für das Amt des Stadtoberhaupts, wird eines Morgens tot im Hasenlager aufgefunden. Kriminalrat Gerd Scheibler von der Kripo aus Aalen nimmt zusammen mit seinen Kollegen von der Ellwanger Polizei sofort die Ermittlungen auf.

Aber auch Frank Reiser und Bernhard Brecht, die Reporter der beiden Ellwanger Zeitungen, stecken ihre Spürnasen in den Fall. Als wenig später eine zweite Leiche auf dem ehemaligen Bundeswehrgelände gefunden wird und die Villa von Kurt Berger in Flammen aufgeht, stehen die Ermittler vor immer neuen Rätseln.

Der Zufall spielt Frank Reiser den Teil eines rätselhaften Tagebuches in die Hände und plötzlich ist er der Lösung des Falles näher, als für ihn gesund ist.

Leseprobe:

Im Hasenlager (10. April 2011)

Der nächste Blitz erleuchtete hell den Nachthimmel über Schwabsberg. Zwei Sekunden später grollte der Donner durch die Dunkelheit und übertönte für einen Moment das Rauschen des strömenden Regens. Die Gewitterfront aus Südwesten lud seit etwa vier Stunden ihre nasse Fracht über dem Ostalbkreis ab und konzentrierte sich momentan auf den Raum Ellwangen. Bereits zum dritten Mal in dieser Aprilwoche machte das Wetter diesem Monat alle Ehre. Der nahe gelegene Bucher Stausee war durch die Regenfälle der letzten Tage bereits gut gefüllt worden, verrichtete aber seine Aufgabe als Rückhaltebecken für die Jagst noch zuverlässig. Die Wiesen entlang des Flussufers waren aber schon so mit Wasser getränkt, dass sie bald keine weitere Feuchtigkeit mehr aufnehmen konnten.

Kurt Berger versuchte mit unsicherem Stand die Plane wieder zu befestigen, die der heftige Wind vom noch nicht ganz fertigen Dach des Verwaltungsgebäudes losgerissen hatte. Aufgrund des schlechten Wetters ging es mit dem Umbau nicht so voran, wie Kurt Berger sich das vorgestellt hatte. Gegen das Wetter war aber selbst er machtlos.

„Hilf mir wenigstens! Danach können wir doch über alles reden", rief er gegen den tosenden Wind an.

Sein Gegenüber reagierte aber nicht. Oder wollte nicht reagieren.

„Fass endlich mit an, die ganze Plane fliegt ja gleich weg. Davon hast Du doch nichts!"

Wieder kam keine Reaktion.

Seit geschätzten fünf Minuten befand sich Kurt Berger nun schon nicht mehr alleine auf dem Baugerüst. Gegen 21.00 Uhr war er von seiner Wohnung in Ellwangen zu der Baustelle im Hasenlager nahe Schwabsberg gefahren. Sein Instinkt sagte ihm, dass er bei diesem Gewitter besser hinausfahren sollte, um nach dem Rechten zu sehen. Und tatsächlich hatte sich der Wind schon daran gemacht, einen Teil der Abdeckplane loszureißen, deren Aufgabe es eigentlich war, den neu errichteten Anbau am alten Verwaltungsgebäude solange behelfsmäßig zu schützen, bis die Dachpfannen komplett verlegt waren. Dies war aufgrund des typischen Aprilwetters bisher nicht geschehen.

Kurt Berger hatte sich schon geraume Zeit erfolglos an der Plane zu schaffen gemacht, ehe er sein Gegenüber bemerkte. Das laute Rauschen der das Hasenlager umgebenden Bäume und der prasselnde Regen hatten offensichtlich verhindert, dass Kurt Berger seinen unerwarteten Gast auf das Gerüst klettern gehört hatte.

„Hilf mir endlich! Wir können dann immer noch über alles reden", wiederholte sich Kurt Berger.

„Da gibt es nichts zu reden!", antwortete der Mann und hielt die Mündung der Waffe unverändert in die Richtung von Kurt Berger.

Unbemerkt hatte Kurt Berger nun ein Stück Baustahl ergreifen können, das auf dem Sims einer Fensteröffnung gelegen hatte. Mit einer kurzen Drehung holte er damit aus und bewegte sich gleichzeitig einen Schritt auf seinen ungebetenen Gast zu. Ganz so, als wolle er ihm damit die Waffe aus der Hand schlagen.

Erneut erfüllten Blitz und Donner die stürmische Nacht. Vielleicht hatte Kurt Berger deshalb den Schuss nicht gehört. Ungläubig starrte er auf das kleine Einschussloch mitten in seiner Brust. Er war am Ende seiner beabsichtigten Bewegung am Sicherheitsgeländer des Gerüstes kurz zum Stehen gekommen. Mit dem restlichen Schwung kippte er nun - leicht vorwärts geneigt - darüber, stürzte die etwa sechs Meter vom Gerüst nach unten und drehte sich im Fallen so, dass er schließlich rücklings auf dem Boden liegen blieb.

Hasenlager (11. April 2011)

„Spinnt der jetzt, oder was? Wo will der denn hin? Der kann da doch nicht einfach anhalten. Das geht doch nicht bei diesem Sauwetter", regte sich Frank Reiser über den Fahrer des nun quer vor seiner Nase abgestellten Triumph Spitfire auf.

„Frankie, bleib ruhig!", versuchte Ellen Steiger ihren Mitfahrer zu besänftigen.

„Das ist doch der Brecht von der SchwäPo, dieser Schnösel."

„Der macht doch auch nur seinen Job. Genau wie Du für die Ipf- und Jagst", entgegnete sie.

Bernhard Brecht hatte nun seinen englischen Sportwagen verlassen, um mit dem Polizeibeamten an der Absperrung zu sprechen. Anscheinend unverrichteter Dinge sprang er wieder zurück zu seinem Spitfire und suchte in seinem Wagen Schutz vor dem Regen.

Frank Reiser hatte gegen 06.30 Uhr einen Anruf der Redaktion der Ipf- und Jagst-Zeitung bekommen und hatte sich von seiner Wohnung in Rindelbach aus sofort auf den Weg zum Hasenlager bei Schwabsberg gemacht. Der Geschäftsmann Kurt Berger sei dort tot aufgefunden worden, hieß es. Ursache bisher unbekannt, bestätigte auch ein Anruf bei seinem Freund Matthias Zabert im Ellwanger Polizeirevier. Frank Reiser blieb also nichts anderes übrig, als sich bei diesem Aprilwetter die Informationen vor Ort selbst zu beschaffen. Momentan sah es aber nicht nach Informationen aus. Selbst Bernhard Brecht, der Reporter vom Mitbewerber Schwäbische Post – den Ausdruck Konkurrent mochte der Chefredakteur seiner Zeitung nicht so gerne hören – hatte es trotz seines waghalsigen Überholmanövers nicht geschafft, vor Frank Reiser am Tatort zu sein. Tatort? Oder besser Unglücksort? Frank Reiser wusste es noch nicht.

Wenn Frank Reiser selbst am Steuer seines Mercedes gewesen wäre, hätte Brecht nicht so einfach überholen können. Aber Ellen Steiger wollte unbedingt mit und auch noch selbst fahren. Nun standen sie in der Dunkelheit, etwa hundert Meter von der Einfahrt ins Hasenlager entfernt. Vor ihnen der grüne Spitfire von Brecht, weiter dahinter das Absperrband der Polizei. Im Hintergrund waren deutlich die Halogenstrahler der Feuerwehr zu erkennen, mit denen offensichtlich vor Ort ausgeleuchtet wurde. Im hellen Scheinwerferlicht war auch ganz deutlich der Regen zu erkennen, der schon ganz deutlich der Regen zu erkennen, der schon seit Stunden unaufhörlich herunterprasselte.

„Was macht er denn jetzt?"

Bernhard Brecht hatte die Beleuchtung an seinem Wagen angelassen. Nun, da er den Motor startete, blendete das Bremslicht Frank Reiser heftiger als noch zuvor. Brecht wendete in drei Zügen, bog anschließend auf die Kreisstrasse 3319 in Richtung Ellwangen ein und verschwand in der Dunkelheit.

„Anfänger!", dachte Frank Reiser.

Zwei Stunden später war es hell geworden und das Warten hatte sich für ihn gelohnt. Kurz nacheinander fuhren der Mercedes Vito eines Ellwanger Bestattungsunternehmens und zwei Polizeiwagen aus dem Hasenlager und an Frank Reiser vorbei. Deutlich erkannte er nun seinen Freund Matthias Zabert an der Absperrung.

„Ellen, Du bleibst im Wagen. Es ist besser, wenn Dich niemand sieht", sagte er zu seiner Begleitung.

„Ich will aber mit!", insistierte sie.

„Nein, Ellen! Das ist mein Job. Da kann ich Dich jetzt nicht gebrauchen."

„Das nächste Mal kannst Du selber fahren. Das sage ich Dir", schmollte sie nun.

„Das nächste Mal fahre ich auch wieder alleine", dachte Frank Reiser, als er aus dem Wagen stieg und zu Matthias Zabert hinüberging.

„Guten Morgen, Zappa. Was haben wir denn hier?"

„Böse Geschichte. Kurt Berger ist wohl bei dem Sauwetter auf ein Gerüst geklettert, um eine lose Plane zu befestigen, damit seine Baustelle nicht absäuft. Dabei muss er ins Straucheln geraten und vom Gerüst gefallen sein. Als ob man sich dabei nicht schon genug verletzen könnte, ist er auch noch in ein Stück Baustahl hineingefallen, das ihn regelrecht aufgespießt hat. Wie lange er nach dem Sturz dermaßen gepfählt noch gelebt hat, können wir noch nicht sagen. Als der Pförtner ihn heute

Morgen kurz nach 06.00 Uhr so gefunden hat, war er jedenfalls schon tot gewesen. Für ein Fremdverschulden gibt es momentan keinerlei Hinweise. Der ganze Platz ist ein einziger Morast. Die Klamotten der Leiche waren von dem Regen total durchgeweicht. Die Bestatter hatten Mühe, Berger in die Metallwanne zu heben. Mit seinen geschätzten hundert Kilo Körpergewicht wäre er aber auch trocken schon schwer genug gewesen."

„Dann haben wir ja jetzt einen Oberbürgermeisterkandidaten weniger", kommentierte Frank Reiser den Bericht seines Freundes.

„Wie meinst Du das?"

„Hast Du das nicht gewusst? Der Berger wollte diese Woche seine offizielle Bewerbung beim Wahlamt im Rathaus abgeben und bei der Oberbürgermeisterwahl am 15. Mai antreten. Ich habe ihn auch schon interviewt deswegen. Nach Ablauf der Bewerbungsfrist am nächsten Montag bringe ich in der Ipf- und Jagst-Zeitung von jedem Bewerber ein Interview, in dem er sich vorstellen kann."

„Eins kannst Du ja jetzt streichen", bemerkte Matthias Zabert trocken und ohne sichtliche Gefühlsregung.

„Wenn ich ehrlich bin, habe ich ihm keine großen Chancen bei der Wahl eingeräumt. Gegen einen Amtsinhaber anzutreten ist immer schwierig, noch dazu, wenn dieser einen sehr guten Job macht. Hast Du noch was für mich, Zappa?", wollte Frank Reiser wissen.

„Nein. Ich fahre dann auch zurück aufs Revier und schreibe meinen Bericht."

„Alles klar. Und nochmals Danke. Sehn wir uns heute Abend auf ein Bier?"

„Klar! Ich gehe mit Kollegen nach der Schicht noch auf ein Bier ins Jackies. Setz Dich einfach dazu."

„Oh, ich glaube, das ist keine so gute Idee. Ich möchte mich im Jackies nicht sehen lassen, wenn es nicht unbedingt sein muss. Rosie ist immer noch ziemlich sauer auf mich. Ich will sie nicht zusätzlich mit meiner Anwesenheit in ihrem Lokal reizen. Wir könnten ins Journal gehen. Was hältst Du davon, Zappa?"

„Sorry, aber ich habe den Kollegen versprochen, mit ins Jackies zu kommen. Vielleicht ein anderes Mal."

Frank Reiser stieg zu Ellen Steiger in den Wagen und erzählte ihr die Kurzfassung dessen, was er soeben erfahren hatte. Bis zum Abend hatte er genügend Zeit, daraus einen Artikel für die Ipf- und Jagst-Zeitung zu schreiben. Auf dem Rückweg setzte er Ellen Steiger in der Bahnhofstrasse vor dem Hotel zur alten Post ab. Sie wollte sich noch frisch machen, bevor sie in ihre Kanzlei ging.

In seiner Wohnung in Rindelbach sortierte Frank Reiser anschließend die Ausdrucke der Interviews der Oberbürgermeisterkandidaten neu und legte das mit Kurt Berger beiseite. Er würde es nicht mehr brauchen. Dachte Frank Reiser zumindest. Gegen Mittag hatte er auch schon seinen Bericht zu dem Unfall fertig, der sich gegen 02.00 Uhr auf der Kreisstrasse 3319 in einer Kurve zwischen der Einfahrt zur Reinhardt-Kaserne und der Abfahrt Richtung Ellwangen, Dalkinger Strasse, ereignet hatte. Ein junger Motorradfahrer lag seit dem Unfall in der Virngrund-Klinik im künstlichen Koma.
